O DIA MASTROIANNI

O DIA MASTROIANNI

JOÃO PAULO CUENCA

AGIR

CAPA, ILUSTRAÇÕES
E PROJETO GRÁFICO
Christiano Menezes [retina_78]

REVISÃO
Marcela Miller
Mariana Rimoli

PRODUÇÃO EDITORIAL
Felipe Schuery

CIP-BRASIL. CATALOGAÇÃO-NA-FONTE
SINDICATO NACIONAL DOS EDITORES DE LIVROS, RJ

C972d

Cuenca, João Paulo, 1978-
O dia Mastroianni / João Paulo Cuenca. - Rio de Janeiro: Agir, 2007.
ISBN 978-85-22-00892-6

1. Romance brasileiro. I. Título.

07-3147. CDD: 869.93
CDU: 821.134.3(81)-3

Agir Editora Ltda. – uma empresa Ediouro Publicações
Rua Nova Jerusalém, 345 – CEP 21042-235 – Bonsucesso – Rio de Janeiro-RJ
Tel.: (21) 3882-8200 • Fax: (21) 3882-8212/8313

"O verdadeiro herói é o que se diverte sozinho."

Charles Baudelaire

"Eu fui o maior onanista do meu tempo."

Oswald de Andrade

Dia Mastroianni — [Exp. Adj.]: Segundo o panléxico, é denominado "Mastroianni" (de Marcello, at. it., 1924-1996) o dia gasto em pândegas excursões a flanar na companhia de belas raparigas, à brisa das circunstâncias e alheio a qualquer casuística. Para o "Dia Mastroianni" clássico, faz-se mister o uso de terno, óculos escuros e, preferencialmente, chapéus. Alguns lexicógrafos ainda incluem em suas definições o compulsivo auto-panegírico, a ingestão de dry martini *e/ou gim-tônica, apostas em corridas de cavalos, ligeiras crises metafísicas e a presença em rodas e festas para onde não se foi previamente invitado.*

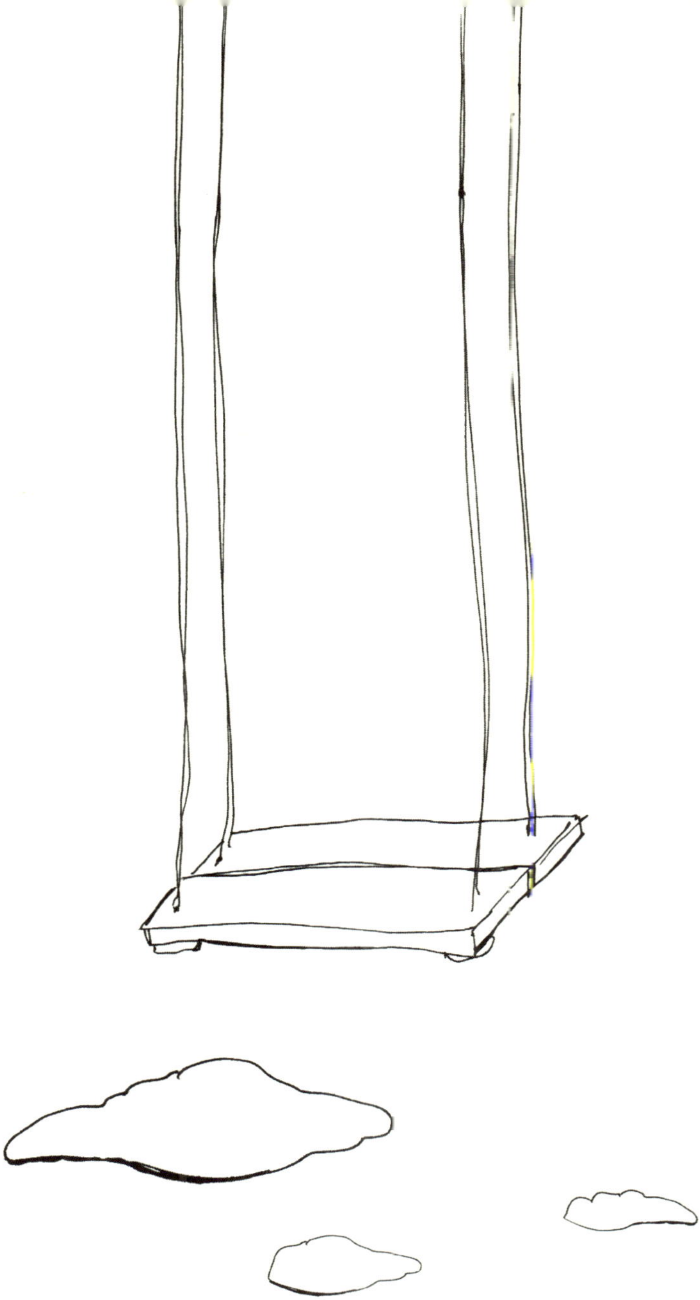

— O SENHOR SE SENTE CONFORTÁVEL?

— *Onde estou? Que lugar é esse?*

— EU FAÇO AS PERGUNTAS AQUI.

— *Onde você está?*

— SOU APENAS UMA VOZ. E VOCÊ, ONDE ACHA QUE ESTÁ?

— *Sonhando. Ou talvez morto. Veja! Lá embaixo, uma nuvem com formato de caramujo.*

— EU NÃO POSSO VER NADA. FALE MAIS DA NUVEM.

— *O caramujo desapareceu. Agora são peitos. Um céu de peitos jorrando leite para o Planeta Terra...*

— VÊ-SE QUE É UM JOVEM.

— *É triste isso de ser jovem! Eu mesmo detesto essa palavra.*

— POR QUÊ?

— *Acho que os velhos deveriam levantar nos ônibus para nos dar lugar... É que já viveram muito. E nós, em desvantagem, podemos morrer amanhã, e sem ter visto nada.*

— QUAL É SEU NOME?

— *Cassavas. Pedro Cassavas.*

— QUAL É SUA IDADE?

— Tenho vinte e um, a idade mágica.

— QUAL É SEU TAMANHO?

— Um metro e setenta e seis centímetros.

— QUANTO VOCÊ PESA?

— Não me peso desde a oitava série.

— QUAL É A COR DOS SEUS CABELOS?

— Você é cego?

— POR ENQUANTO E PARA TODOS OS EFEITOS, SIM. RESPONDA À PERGUNTA.

— São pretos, como os de todo mundo.

— O QUE VOCÊ VEIO FAZER AQUI?

— Não faço idéia. Sou seu convidado?

— EU FAÇO AS PERGUNTAS.

— Esse jogo está ficando monótono.

— ISSO NÃO É UM JOGO.

— Certo. E quando poderei ir pra casa?

— JAMAIS. NÃO HÁ RETORNO POSSÍVEL.

— Você só pode estar brincando. E por que está gritando?

— O EFEITO DRAMÁTICO DAS MAIÚSCULAS É NORMALMENTE SUBUTILIZADO EM LITERATURA.

MAS, AQUI, ATRAVÉS DELAS, DEMONSTRO MEU PODER SOBRE VOCÊ.

— ...

— *NÃO PERCA SEU TEMPO TENTANDO. VOCÊ NÃO PODE USÁ-LAS.*

— *Isso não é justo!*

— *EM COMPENSAÇÃO, VOCÊ PODE VER TUDO O QUE QUISER. EU NÃO POSSO.*

— *E por quê?*

— *PORQUE TUDO O QUE VEJO É ATRAVÉS DOS SEUS OLHOS.*

10:32

— Quantos foram os minutos da sua vida em que você pôde dizer que realmente aconteceu alguma coisa?

— Alô? Quem é?

— Acorda que é hoje!

Bateu o telefone e tentou imediatamente voltar a dormir, colando o lençol à cabeça como uma muçulmana de *hijab*. O aparelho não demorou a tocar de novo e, depois do quinto toque, Tomás Anselmo desistiu.

— Hoje o quê?

Saiu do banho gelado e vestiu-se. Ganhou a rua, a essa hora com ar amarelado, e caminhou entre batalhões de anônimos. Desviou-se de valas abertas nas rugas das mãos estendidas, filas indígenas nas portas de onipresentes lotéricas, ciganos ululando pontos de macumba, fuzileiros navais em marcha, freiras de sombrinha, caminhões paquidérmicos despejando garrafas e engarrafando cruzamentos. Depois do caminho de casebres empilhados ("caixas de fósforo com janelas") e becos malcheirosos ("nós, o cancro do mundo!"), alcançou-me num bar de esquina.

O encontro de dois palitos queimados:

— Tira esse focinho da cara, Tomás. Começamos agora, *incontinenti*!

— Mas ainda não deu nem onze horas.

— Já? — peço dois.

Esvaziamos os troféus dourados num gole enquanto o garçom, sem que precisemos pedir, desliza da bandeja para nossa mesa um par de sanduíches de abacaxi e *filet mignon*, conforme anunciado pelo cardápio.

Nas primeiras mastigadas, surge em meu amigo remoto *flashback*: durante os barulhentos almoços dominicais da sua infância, entre colunas ascendentes de fumaça e cínicas conversações adultas, a criança que costumava ser Tomás Anselmo mordia as bordas de plástico azul costuradas no menu desse preciso bar até a desintegração total, para irritação dos garçons e vergonha da mãe, que sempre o castigava com um tapa agudo sobre as costas da mão. E talvez fosse aquele o mesmo cardápio semidestruído que tem agora debaixo do copo, o que faz Tomás, um cavalinho xucro usando retrovisores como antolhos, pensar secretamente em cravar os dentes no menu.

Mas olha para mim, relincha sacudindo a carne das bochechas e, num invisível encolher de ombros, desiste. Esvazia um paliteiro e, com os palitos quebrados, forma desenhos geométricos sobre a toalha da mesa.

Rayo nuestro epitafio
Con un escarbadientes
En la mesa del café
La alcantarilla sorbe
Otro dia
Resbalando la vida
De las calles
Que amanecen sin apuro
Mientras canto este tango
A mi amor
Sea quien
Sea quien sea

É a letra do tango obscuro gravado em 1932 por Antonio Ratón que Tomás tenta cantarolar sem saber como acaba ou começa a estrofe:

Ao meu amor
Seja lá
Seja lá quem for...

Encerrados os murmúrios, a exploração mental sobre o cardápio e sua idílica infância de botequim, engatamos numa conversa sobre os amigos exilados com quem um dia compartilhamos cadeiras, mesas e copos desse bar — e Tomás agora imagina que os copos das boas casas, assim como os cardápios, também devem seguir os mesmos ao longo dos anos, beijados por milhares de bocas!, algumas delas repetidas em estranhos padrões, representados por equações cujos gráficos se assemelhariam aos desenhos traçados com palitos na mesa.

Enquanto Tomás é um peão introspectivo, perdido em suposições inúteis com melancolia no arco das sobrancelhas, eu, bazófio, arroto escalas diatônicas, faço castelos neogóticos com as bolachas do chope, fanfarroneio sobre nossos ex-amigos:

— Ah, nossos sátiros camaradas de nada! Brindemos!

Aos dândis precoces, escritores sem livros, músicos sem discos, cineastas sem filmes com quem conversávamos por citações de romances inexistentes, flanando sob pontes e mesas de botecos como pândegos muito sólidos, lordes sem um tostão nos bolsos, trocando os dias pela noite e as noites por coisa alguma! Bebamos à nossa perpétua disponibilidade para *vernissages* inúteis, bocas-livres sem convite! Brindemos ao nosso futuro e passado, a enredar fiapos de vida dedicados ao culto do ócio, de nós mesmos e de paixões viróticas: nossa doce e irreparável adolescência.

— Aos que foram!

— Aos que voltaram!

Muitos tentaram a vida fora, exilando-se num exterior mitológico, dedicando-se à vera arte de lavar pratos ou trabalhar de babá, limpando com diplomas universitários de ciências humanas os perfumados restos de criancinhas caucasóides de boa estirpe.

A desistência do país, no início vista com inveja e deslumbre por todos, sempre era premiada por algum evento incerto que os obrigava a voltar: falta de dinheiro, acessos de pânico, envolvimento em pequenos crimes, políticas de limpeza étnica, mortes na família, ou, ainda, tornados e enchentes que destruíam as metrópoles de vidro para onde migravam — como se houvesse uma força misteriosa que os atraísse de volta à cidade perdida de si mesma, aos bares, mesas e cadeiras de todo mundo e de ninguém, aos copos e cardápios mordidos de sempre. Desembarcavam cabisbaixos, veteranos de uma guerra perdida.

A única guerra que poderiam algum dia combater.

Mas eu, Pedro Cassavas, jamais teria esse problema! Eu e Tomás Anselmo, periféricos eternos, *à la résistance*!

— Que vida dura, Tomás! — e digo isso assoviando um hino cívico sobre o real caminho da honra: o desperdício.

— E a doce Maria, por onde anda?

— Saiu antes de mim. Trabalha cedo, a *bela*.

Sob a copa de uma árvore, nos protegemos do sol dentro de uma sombra ocre, com forma de abacaxi. A multidão passa indiferente às nossas cadeiras na calçada irregular, cada um carregando na reta dos olhos o longo caminho de uma quinta-feira quente de outubro.

— A verdade é que jamais trabalharei, Tomás...

— Eles trabalham, nós somos trabalhados.

— Eles talham a realidade, nós somos retalhados!

— Retardados, você quer dizer?

Um moleque se aproxima: vende amendoim torrado em cones de papel. Comemos a amostra grátis, generosamente depositada na mesa, e pedimos dois repetecos.

— Sensacional esse amendoim, hein?

— Assim você vai longe!

Nada compramos. O pobre sai amaldiçoando nossas almas até a quinta geração. Depois, duas meninas vestindo roupas grudadas ao corpo se materializam sobre um bueiro. Vendem chicletes, uma puxa o cabelo e xinga a outra.

— Vinde a nós as criancinhas!

— Por que brigam?

— Ela não me respeita, moço. Ela tem que me respeitar porque eu já tenho peitinho.

E saem dançando *charleston* sobre poças d'água suja. Tomás fica deprimidíssimo com a história das crianças pretas e pobres, e pede a sexta rodada, que é exatamente quando começa a ficar comovido com qualquer coisa. Edificantes diálogos se sucedem, como:

— Esta é a farsa da vida... A farsa!

— É!

Ou:

— Tudo está errado nesse mundo, meu amigo!

— É!

E ainda, por nada ter a dizer, brindes inéditos:

— Ao espírito dos pobres! Ao turista ingênuo!

— Aos artistas do novo século! Aos cochilantes guardiões da língua!

— À velha ciência! À nova nobreza!

— À nossa jovem miséria! À urgência do agora!

Etc.

Sempre que Tomás Anselmo começa a beber, conta o número de chopes que bebeu. Perder a conta dos chopes acontece se ele passou do sexto ou se está bebendo de graça. Com a conta, além da vergonha na cara, vai-se o rastro de decência, a pudicícia tão cara a Anselmo:

— Putalamerda, Pedro Cassavas! Por que você me acorda sempre com esse papo? Eu tenho mais o que fazer da minha vida do que gastar meu tempo com você.

— Não tem nada. E eu te amo! Não consigo viver sem você.

— Pois eu consigo viver sem você.

— É claro. Você consegue viver sem ninguém. Há anos.

Tomás ri, bate o copo na mesa:

— Putona!

Com ar austero, peço a conta ao Cícero com uma canetada no ar.

Saímos: à rua! A rua que nos inventou, o *minestrone* de asfalto e absurdo que nos corre por dentro dos ossos. E caminhamos, a driblar bundas alheias em *andantino*.

Meu amigo é muito mais alto do que eu e tem o andar desengonçado de um adolescente, apesar da idade e do rosto anguloso, com o queixo em forma de colchete, as bochechas como dois parênteses, olhos como asteriscos em negrito e sobrancelhas de til. Não sou exatamente belo, mas sei andar, apertar os olhos e inclinar o pescoço no ângulo certo, o que, para a maioria das mulheres, bombas de hormônio cada vez menos exigentes e mais desesperadas, excede o necessário para instantâneas paixões.

Ao passar pela porta de uma galeria ordinária, uma decisão peremptória impõe-se aos nossos passos: preciso me barbear!

No corredor comercial, alguns já adiantam o almoço em piramidais pratos feitos, com as bundas camponesas transbordando para fora dos bancos, cotovelos debruçados sobre as estufas de vidro dos botecos. Atendentes detrás do balcão olham caninamente para os televisores empilhados nas lojas de conserto de eletrodomésticos, todos no mesmo canal, como espelhos mágicos que, de ângulos diferentes, fossem capazes de reproduzir o mesmo reflexo narcisóide:

um desenho animado do Pernalonga. Numa passagem transversal ao fim da galeria, há uma eternidade de barbeiros, cabeleireiros e, seguindo o léxico internacional, *coiffeurs*. Escolhemos onde entrar num jogo binário com os dedos e acomodamos nossos corpos em esculpidos tronos de aço num salão espelhado, o que o faz parecer muito maior do que é, uma catedral maior por dentro do que por fora.

— O senhor pode tosar tudo, por favor — levanto o queixo contra o meu duplo embaçado, sentindo um orgulho infantil, que mal posso esconder, em fazer a barba nessa galeria vulgar, receber uma toalha quente no rosto sem pestanejar e, ainda, encarar a lâmina afiada, como se todo o ritual do barbeiro afirmasse minha masculinidade tacanha e fora de moda.

O velho ("Péricles" bordado em azul no bolso da camisa) equilibra os óculos no nariz e desliza os sapatos lustrados sobre o tabuleiro de damas com os gestos de uma debutante dançando a primeira valsa com o primo de segundo grau (um cadete do colégio militar, espada cega presa ao cinto). Péricles, longe dos meus pensamentos, afia a navalha espanhola displicentemente num assentador de couro de javali.

Tomás, com as costas na poltrona, é atendido por um *elvis presley* chicano bastante mais novo do que Péricles com um cinturão de pentes e lâminas atado à cintura. Meu amigo entra em pânico com a proximidade da navalha à sua jugular e imagina o jorro de sangue que um corte malfeito causaria.

Sorrio ao perceber involuntária, porém resolutíssima, ereção dentro das calças enquanto folheio uma revista de mulheres nuas, retirada de uma gaveta pelo barbeiro com ar solene:

— Essa gracinha aqui chegou na banca ontem, meu filho!

Nada há neste mundo de meu-deus como uma ereção sem culpa!

Enquanto temos, com uma camisola branca atada ao pescoço, a barba feita, senhoras de cabelo roxo e mocinhas erguendo minissaias sobre os joelhos pontudos esticam os dedinhos dos pés à medida que outras, ajoelhadas no chão, pintam-lhes as unhas. Apesar da tradição, este é um salão misto: há uma nuvem de *spray* no ar e todos choram.

Ao final, encaro meu retrato infantil na parede enquanto Péricles seca meu rosto: contraio os maxilares, já sem constrangimento em me sentir perigosamente cruel, com um gosto salgado de destruição nos lábios, uma bomba de nêutron debaixo do braço capaz de botar alguns prédios e calcinhas abaixo!

Cheirando a laquê, saímos dali revigorados:

— Estou completamente sóbrio! Não há bebedeira antes do meio-dia que resista ao fio de uma navalha no pescoço.

— Melhor do que banho gelado e chá de boldo, Dom Pedro.

— Essa emoção toda me deu fome.

— Pago o almoço!

Sempre carrego mais dinheiro nos bolsos do que Tomás Anselmo, que ainda mora com a família, a despeito da idade e do rosto anguloso de colchetes e asteriscos. Mas o dinheiro que carrego não é meu — o que faz o cheiro da *aqua velva* ficar ainda mais doce.

Caminhamos em câmera lenta, sob *riffs* molhados e galopantes de guitarra, até uma praça onde pequenos demônios correm sob o olhar indeciso das domésticas e a revoada de pombos caolhos. Ao longo, algumas palmeiras sobrevivem melancólicas, ainda mais altas do que os prédios. Nas calçadas, transeuntes disputam o espaço exíguo com bancas de camelôs, autônomos especializados no diversificado varejo de rua a comercializar relógios, pulseiras e brinquedos chineses, revistas de antiquário e, com destaque, os últimos lançamentos do cinema mundial em disquinhos prateados. Procuro pelo velho que vendia livros. Mudou de ponto, morreu, pouco se sabe: não há mais livros na calçada. Não teria outros compradores? Quem quer saber de livros, afinal?

Sob o escorrega, um mendigo fuma e joga as cinzas na própria boca, usando a língua como cinzeiro. A criançada inútil levanta poeira e os velhos apostam suas últimas horas num jogo de damas. No fundo, há uma igreja de mármore, como um vigia gordo e cego que espreita a todos.

O pobre materialista se aproxima e nos pede dinheiro. Seria um bardo? Respondo à palma da mão imunda:

— Desculpe, meu amigo. Hoje não estou pra poesia!

— Isso aqui parece anteontem, Pedro.

— Vou falar com o cara dos churros.

O cara dos churros é também o vapor do quarteirão. Faço a fila atrás de meia dúzia de vovós e crianças bravamente histéricas. Uma delas aponta para mim:

— Qual o seu nome?

— Pedro Cassavas.

— Mas que nome de viado!

Quando chega a minha vez, peço cem da preta. O vendedor olha para os lados, coloca um saco de cem gramas de haxixe dentro do papel que normalmente serve para embalar o doce e, em troca de algum dinheiro, entrega a mercadoria com um sorriso constrangido.

— É um puro esse aviãozinho! Sempre que compro aqui na praça, o pobre fica envergonhado — volto para perto de Tomás, que costuma se manter longe da transação.

— Eu acho isso lindo. Um traficante virtuoso...

— Um homem com pudores!

— Um cavaleiro de fibra moral!

Etc.

— Isso significa que ainda há esperança para esse país, Tomás!

— Cabe a nós fazer a nossa parte.

— Abrir o apetite.

Algumas quadras depois, chegamos à Praça do *Duomo* (também chamada de Largo das Ovelhinhas), onde subimos uma ladeira íngreme, por baixo de um arco numa curva à direita. Meu prédio é o terceiro, incrustado numa pedra pintada de verde pelas trepadeiras. Escalamos quatro lances de uma escada de madeira em caracol e chegamos ao apartamento.

Na sala, sentamos entre roupas e papéis jogados no sofá. Nas paredes, há frases desconexas escritas por ex-colaboradoras de cópula, aforismos de pensadores em voga como Schoscho, Nini e Dydy, entre desenhos pornográficos riscados com lápis de cera. Estantes desconjuntadas guardam centenas de discos, filmes e livros em delicado equilíbrio — o desabamento de tudo é iminente. Há pôsteres por toda a parte, inclusive no teto, sempre de filmes italianos e franceses dos anos sessenta do século passado. Trago para perto de nós um narguilé e peço para que Tomás cuide do fornilho. Vou à cozinha, de onde volto com duas cervejas geladas.

O DIA MASTROIANNI

Antes de abrir as latas, ligo o aparelho de vídeo: em preto-e-branco, um casal corre sobre uma ponte. Sorriem apaixonados, ele vestindo um terno escuro, ela com os olhos pintados e um vestido reto sobre o corpo delgado. O homem teria um ar abrutalhado e doce. Ela seria uma européia do leste, freqüentadora de obscuros cafés e danceterias subterrâneas, onde cumprimentaria a todos com intimidade, desde o homem do guarda-volumes até o *barman*, para aborrecimento do seu acompanhante de sapatos de bico fino. Em outras cenas, a mulher sapatearia sobre um banquete numa mesa posta na sala de jantar de um palácio, e o homem escaparia flutuando de um engarrafamento, ou ainda, com um revólver no banco do carona, daria velocidade a um chevrolet surrado por uma estrada sob o pôr-do-sol e um túnel de árvores cinzas, ou ainda pegaria pela mão a elegante anfitriã de uma festa e sumiria com ela pelo jardim da mansão, entre confissões e promessas vazias, ou ainda, ou ainda.

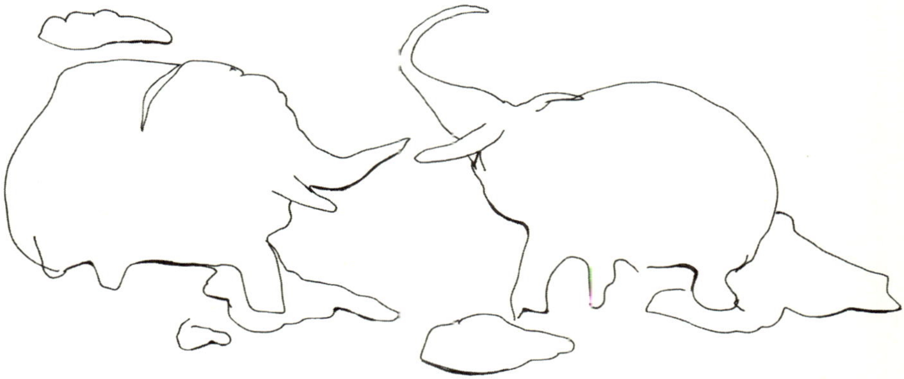

— PARA ONDE VOCÊ QUER IR AGORA?

— Eu é que pergunto aos senhores. Estou preso!

— TENTE LEVANTAR. ENTRETENHA-ME.

— Você não vê que não posso? Eu cairia. A cadeira está balançando sobre as nuvens. E não vejo onde se apóiam as correntes que a seguram!

— VOCÊ A COLOCOU AÍ, PEDRO CASSAVAS.

— Como assim? Não coloquei nada. Eu só estava...

— SHHH. ESPERE.

— O que houve?

— GAIVOTAS SE APROXIMAM. ESTÁ OUVINDO?

— Não. Vejo apenas aquela manada de nimbos paquidérmicos ventando para cá!

— VOCÊ TEM MEDO DE MORRER?

— Não tenho medo de nada. A morte é nada além do que um relógio sem o ponteiro das horas!

— NÃO TENHO TEMPO PARA AS SUAS BANALIDADES METAFÍSICAS. CONTE-ME SOBRE A MINHA VIDA! FALE SOBRE MIM AGORA.

— Não o conheço. Você deve ser uma figura inventada.

— MAS VOCÊ ME CHAMOU AQUI. PARA QUE EU APRENDESSE MAIS SOBRE EU MESMO.

— *Isso é impossível. Eu não o convidei para nada. E não posso me preocupar com você ou com o seu aprendizado. Veja a minha incômoda situação...*

— *SE EU FOR EMBORA AGORA, VOCÊ DESAPARECERÁ JUNTO COM AS CORRENTES. SERIA SÁBIO DA SUA PARTE COMEÇAR A ME ENTRETER! A QUEDA É LONGA.*

— *Nada disso faz o menor sentido. Estou preso num balanço conversando com uma voz idiota. Meu Deus!*

— *QUAL É SUA RELAÇÃO COM ELE?*

— *Nenhuma.*

— *NÃO CRÊ NO SEU CRIADOR?*

— *Ele acredita em mim?*

— *CLICHÊ FILOSÓFICO.*

— *Foi o que arrumei...*

— *VOCÊ, COMO SEMPRE, SE ENGANA, SENHOR CASSAVAS. SEU DEUS NÃO É O MEU DEUS! NOSSOS DEUSES SÃO DIFERENTES, NÃO SE CONHECEM, NÃO FREQÜENTAM O MESMO BAR.*

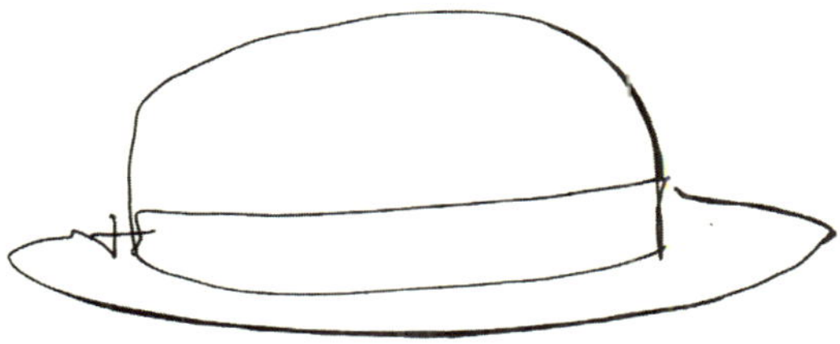

12:58

Enquanto lânguidos raios catódicos imprimem imagens em tons de cinza no *écran* da TV, Tomás passa o tubo com a piteira para mim, e vice-versa, até queimarmos todo o fumo em brasa e uma coleção de neurônios despropositados. Começo um monólogo aborrecido sobre um plano-seqüência, empolgado com algum detalhe que merece a indiferença total de Tomás, cuja cabeça afunda no sofá, encarando o teto. Quando paro para tomar um gole, meu amigo desperta da sua letargia.

— Agora realmente preciso comer... — diz, esticando o pescoço, como se precisasse ouvir as próprias palavras da boca de um ser invisível, postado a sua frente.

— Toma mais uma que vou tomar um banho.

— Banho? Agora?

Tomás, muito mais frágil do que eu para esse tipo de diligência, perde a real noção do espaço e do tempo — ou distancia-se da percepção coletiva do espaço e do tempo, a dos filmes e pessoas na praça — isolando-se numa pesada engrenagem de rodas dentadas, molas e pêndulos carburados pela fumaça. O intervalo entre pensar em pegar a lata de cerveja e efetivamente pegar a lata de cerveja é obscurecido por algum demônio químico, de forma que pensar em fazer qualquer coisa ganha o mesmo peso de executar tal ação — "Levantei o braço, ou apenas pensei em levantar o braço?" Assim, Tomás pensa em pegar a lata e beber, mas segundos depois fica em dúvida se já fez o que havia pensado em fazer, ou se era só imaginação, e passa alguns instantes ou horas nessa gagueira existencial, sem beber a cerveja, até que eu retorne e ele deixe de encarar as ranhuras do teto para finalmente perceber a minha presença:

— Dândi! Bichona!

Volto do corredor com um terno de risca. Anselmo gargalha arreganhando as gengivas:

— Tá achando que é a Claudia Cardinale, mané?

— E por que eu não poderia me vestir bem? A verdade, meu caro, é que um homem elegante como eu agora não pode ser visto por aí com um sujeito tão mal-ajambrado como você.

— Não sou viado. E sua roupa não caberia em mim de jeito nenhum. Porque eu sou grande e você é pequeno! — e o pobre volta a rir, descontrolado, vestindo sua bermuda rota, camiseta de propaganda de deputado federal, chinelos de plástico preto nos pés.

Antes de sair de casa flutuando sobre o par de italianos, pego um chapéu panamá e um par de óculos escuros largados na mesa ao lado da porta.

— Agora, sim.

— Oscar Wilde de almanaque!

As observações chinelais de Tomás sob efeito entorpecente me fazem, numa espécie de punição, carregá-lo pelas calçadas com a promessa de um almoço até certa *maison* de mármore enfeitada com pérolas. Depois de andar o Boulevard dos Capuchinhos de cima abaixo, atravessar seus arcos romanos e portais xintoístas, descemos três andares de escada numa galeria comercial, onde encontramos o largo salão com roupas penduradas em quilômetros de cabideiros perpendiculares às paredes laterais. O lugar é iluminado por refletores de cinema e holofotes brancos.

— Quero meu amigo no mesmo estilo — digo à gerente, que ergue um *Jackie O.* sobre o rosto. A moça estala os dedos e chama duas vendedoras.

Tomás faz menção a dar meia-volta e sair dali.

— Qual o sentido disso, Pedro? — e cochicha, com afetação inédita: — *Catzo*!

Respondo:

— É como a vida.

— A cabeça das mulheres!

— Buñuel, Éluard... Jorge Ben!

Ou ainda:

— Não é pra fazer sentido algum, Anselminho.

Ajudado por duas ninfas ruivíssimas de rabo-de-cavalo enfiadas em *tailleurs* de tweed, calçando escarpins vermelhos nos tímidos pezinhos tamanho trinta e quatro, meu amigo, ainda em transe, é despido e vestido como um doente recém-chegado ao hospital. As vendedoras não respeitam a privacidade deste especial cliente e abrem a porta da cabine de tempos em tempos, desejando flagrar a nudez até então pouquíssimo prestigiada de Tomás.

Cruzo as pernas sobre uma *chaise longue* e assisto a tudo com um sorriso besta no rosto. Penso em acender um charuto e fumar ali mesmo, mas lembro que não fumo tabaco. Aperto os olhos e faço um "L" com o dedão e o indicador na frente do rosto, iniciando o estudo de um plano de câmera que nunca irá existir.

Escreveria platitudes: "Vivo uma ilusão ficcional que não é somente autobiográfica, mas cinematográfica: conto a vida a mim mesmo (o bar, a barbearia, essa *boutique*) e vivo a vida que estou contando, e vejo em 16:9 o que estou vivendo, tendo a consciência cristalina e em tempo real de que sou o 'jovem' Pedro Cassavas caminhando na rua e virando a esquina para entrar num aquário iluminado sob uma luz de néon, encontrando, num contraplano sépia, meu amigo (um grande capítulo desta biografia!) Tomás Anselmo sendo vestido por duas bem fornidas damas. E quem sabe em algum tempo elas não se espantem ao ver meu rosto estampado num jornal, quando uma cutucará a outra cochichando 'esse cara não me é estranho, ele já não foi na nossa loja?!', e depois disso saberão meu nome: 'Pedro Cassavas', exatamente assim, entre aspas, como o nome de um sujeito algo lendário, um *globetrotter* aventureiro e..."

Mas a verdade é que não ambiciono nada.

("A diplomacia como diplomata!")

Não estou me preparando para nada.

("O subsídio governamental em Paris!")

E não conheço o prazer de um plano realizado.

No momento em que ganho essa bizantina consciência, sou Tomás sem saber se o que fez é real: entre o tempo dos figurantes e o meu há uma pausa silenciosa, um abismo de ação. Estou sozinho num mundo separado dos outros, onde sentado no fundo da sala assisto ao que jamais aconteceu (eu incluso), as cenas já gravadas e editadas.

Ainda escreveria:

"Vivo o meu passado, mas não posso acessar a parte de mim que conhece o futuro, onde o homem que realmente sou está agora, olhando para trás, constrangido, com as mãos enfiadas nos bolsos!"

E:

"Tudo é lembrança, e tudo ainda não aconteceu!"

Ou:

"Não tenho o que dizer, mas vou dizer assim mesmo!"

A roupa velha de Tomás fica esquecida numa sacola que uma das enfermeiras pega com o indicador e o dedão, antes de perguntar com esfingética expressão:

— Posso jogar isso aqui fora, *néam*?

Saímos pelo *faubourg* assoviando e mordendo tomates, elegantemente trajados com calças retas de bainha perfeita sobre os sapatos bicudos. Tomás veste um terno claro como o de um garçom mediterrâneo, em contraste com o meu traje escuro. Depois de duas esquinas e um pontilhão, meu amigo começa a sentir-se confortável dentro da nova roupa, ao mesmo tempo que percebe novos olhares direcionados a si, cumprimentos mudos, uma certa reverência vinda de distintos jovens e velhos senhores de chapéu, como se o uso do traje desse ingresso a uma silenciosa e elegante confraria. Esses homens se encarariam confiantes, imaginando os cargos uns dos outros em suas respectivas corporações, a procedência dos tecidos, a qualidade dos sapatos e seus preços. Tomás Anselmo, que, até então, jamais poderia imaginar a existência da maçonaria secreta dos ternos, se divide entre exibir um traço de vaidade nos lábios e, no momento seguinte, achar tudo bastante constrangedor.

— Dom Pedrones, hoje não é carnaval...

— Olha que maravilha. Estamos os dois chapados, embonecados como duas vedetes do rádio e ainda não são duas da tarde!

— Nisso você tem razão.

— Vamos comemorar! — dou um pulo com as mãos espalmadas nas costas do amigo.

— Comemorar o quê?

— Não importa — é como sempre respondo às inconveniências de Tomás.

Duas senhorinhas cúpricas metidas em véus d'orleã puxam nosso braço na porta de uma mesquita:

— Ali ao lado. Ali ao lado!

Levamos alguns segundos para compreender o que dizem: trata-se de exclusivo convite para entrar por uma portinhola macabra, que mal se pode ver, sob o minarete da construção. Tomás Anselmo, numa reação previsível, me diz com os olhos apavorados que partamos de imediato, mas eu me deixo carregar pelas pobres, que nos prometem drinques gratuitos e prazeres interditos.

— É imperdível! — digo, e Tomás me segue depois de um puxão: — A moral é a fraqueza do cérebro, Anselmo!

Dou um *baksheesh* generoso às velhas e a porta bate sinistramente às nossas costas. Descemos uma escada íngreme, que nos obriga a abaixar a cabeça até chegar ao salão subterrâneo, escuro o suficiente para que não possamos ver o rosto dos outros homens. Garçons orientais nos recebem, prendem números romanos aos nossos pescoços e nos posicionam numa das mesas perto do palco, onde um grupo toca música folclórica de fim do mundo num volume ensurdecedor. Há uma aguardente amarga, essência de mate num narguilé, dança do ventre, mulheres seminuas e cheiro de amônia.

Um senhor de turbante e bengala joga libras egípcias nos peitos de uma dançarina. Empresários de petróleo jantam cabrito na mesa ao lado, cercados por mocinhas de quinze anos com faixas pretas pintadas nos olhos. Tento fazer com que uma delas se interesse por Tomás, no que sou interpelado pelo *manager* da casa:

— O senhor não pode falar com as mulheres.

— Mas elas estão aqui para quê?

— Para estar com os clientes.

— Meu amigo quer estar com elas.

— Sim. Mas *você* não pode falar com as mulheres.

Saímos na hora da oração, quando todos se ajoelham em direção à Madureira. O *maître* nos alcança, nos cobra e nos conta uma fábula. Abraça forte e beija molhado nosso rostinho branco.

Enquanto subimos a escada, secando as bochechas com a lapela do terno, Tomás afirma, grave:

— Agora sim preciso comer!

Antes disso, ainda parisiaremos fidalgamente, apostaremos em cavalos vencedores, assistiremos a lutas de boxe, bateremos recordes no fliperama, discutiremos falsos dramas de existência em cavernas onde velhos dançam foxtrote com adolescentes de coxas grossas e perfurantes mamilos, e usaremos café com conhaque para engolir cápsulas de benzedrina a apreciar de pernas cruzadas o desfile de modas na calçada do Pantheon. Seremos assediados por tirolesas negronas arábicas, mulheres de todos os tipos, velhices e dimensões, mas nos manteremos invictos, assaz intransponíveis, com o espírito puro!, nos guardando para a grande noite.

No nosso caminho, um aborígene berra as últimas notícias, a vender uma pilha de jornais na calçada. Ainda fosse uma americana sardenta e o *Herald Tribune*... Tapamos os ouvidos! Não imagino há quanto tempo não leio um jornal. Sei que, na última vez que o fiz, o pano caiu ante meus olhos: descobri que nada acontece. É o maior de todos os segredos. Depois, nunca consegui entender porque eles lêem o diário, discutem sobre as últimas (des)notícias, o que chamam de "realidade", de "mundo". Isso não me faz sentido algum.

E, ainda que fizesse, seria infinitamente inútil.

— A vida é uma maravilha, Tomás. Não preciso fazer nada. Enquanto houver gente íntegra por perto, como você!, fazendo coisas belas e úteis, jamais terei por que me meter a fazer algo que preste.

— É. Você só precisa de quem entenda as piadas.

— Até porque eu poderia ser bom no que quisesse! Não há o desafio...

Ganhamos uma das avenidas largas até o Grande Hotel, e decidimos almoçar no restaurante giratório da cobertura, no topo da torre de mármore. Guiados por um recepcionista de luvas brancas e quepe dourado, viajamos por quarenta e nove andares.

Depois de um curto enjôo de vertigem, o elevador pára.

— Janela ou corredor, senhores?

No salão envidraçado, vemos os distantes canais arroxeados cortando o casario medieval e os sobrados afundados feito caracóis na areia, as pontes ligando quarteirões e pequenas ilhas, o centro financeiro e seus arranha-céus, as gruas sobre esqueletos metálicos, as cúpulas ásperas das catedrais, os grandes teatros *art déco* e, por trás de tudo, depois das colinas do bairro histórico, o deserto e seus desfiladeiros. Do alto, a cidade parece mergulhada em silêncio.

— Bem-vindo ao espaço, Tomás.

— *QUAIS SÃO SUAS FILIAÇÕES, SENHOR CASSAVAS? SEU PROJETO?*

— *Não tenho nada disso!*

— *"ESCREVERIA..." MAS QUE BOBAGEM. ESTAMOS CANSADOS DE NARRATIVAS QUE SE CURVAM SOBRE SI MESMAS ESCRITAS POR NARRADORES AUTOCONSCIENTES EM CRISE. ESSA INTERMINÁVEL FUGA DE ESPELHOS... ARTIFÍCIOS ULTRAPASSADOS DE METALINGUAGEM! META-METALINGUAGEM META-META-METALINGUAGEM. META-META-META-META...*

— *Ok, ok... Eu já entendi. Quem está rindo aí atrás?*

— *O SENHOR É UM MODERNISTA DE MEIA-TIGELA. E AINDA NOS ENTREGOU UMA ESTORINHA ALIENADA E CÍNICA PARA CUMPRIR UM CONTRATO.*

— *Não assinei contrato algum!*

— *O MUNDO NÃO CARECE DE MAIS SARCASMO VINDO DE ALGUÉM QUE NÃO ACREDITA NA HUMANIDADE. ESSA LITERATURA INÚTIL E UMBIGUISTA NÃO SERVE NEM COMO VAN-*

GUARDA, "EMBORA TENHA TODOS OS DEFEITOS DO VANGUARDISMO".

— *Sempre disse que umbigo tem que ser bonito.*

— *E A FUNÇÃO SOCIAL DA ARTE, SENHOR CASSAVAS?*

— *Tenho que acordar. Tenho que acordar. Tenho que acordar.*

— *NÃO ADIANTA FAZER GÊNERO E BATER EM SI MESMO, SENHOR CASSAVAS. A PROPÓSITO: O SENHOR SABE O SIGNIFICADO DO SEU NOME, CASSAVAS?*

— *Pedro?*

— *NÃO. CASSAVAS.*

— *Minha família vem das pradarias!* No *interior daquele país lá embaixo. Bem no meio do mundo, vê?*

— *E QUE PAÍS SERIA ESSE, SENHOR CASSAVAS?*

— ...

— *E O SENHOR SABE O QUE SIGNIFICA CASSAVAS?*

— *Não sei. Por que os sábios não me iluminam?*

— "CASSAVA" É A PALAVRA INGLESA PARA MANDIOCA, MEU CARO. VOCÊ É PEDRO MANDIOCA. E AO MENOS FICO FELIZ POR ARRUMAR UM PROBLEMA PARA UMA EVENTUAL TRADUÇÃO BRITÂNICA!

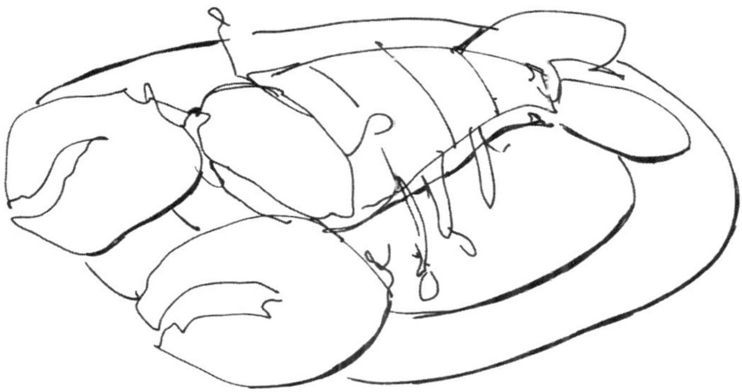

15:29

Há um homem careca numa das mesas ao lado que insiste em olhar para nós. Veste um roupão felpudo e destrincha, com a ajuda de complexos instrumentos de metal, as entranhas de uma lagosta deitada sobre o prato. O que consegue extrair de dentro do animal, come ruidosamente usando as mãos.

— Vocês, sentem-se aqui comigo!

Tomás me encara como se me perguntasse algo: não bastasse o traje extravagante, o sujeito ergue pedras coloridas nos dedos mínimos e uma constelação de correntes no pescoço.

— Podem vir. Não sou bicha!

É a senha. Trocamos de mesa.

— Quem são vocês? — o velho fala com um sotaque indefinível.

— Somos estudantes.

— Os dois me parecem velhos e arrumados demais para estudar qualquer coisa.

— O senhor tem razão — Tomás assente com a cabeça.

— No entanto, parecem novos demais para usar essas roupas. O que estão fazendo aqui? São michês?

— De jeito nenhum!

Meu amigo não deveria ter respondido tão rápido: eu confirmaria a história para ver até onde iria o velho.

— E você, o que faz? É bicheiro?

O velho me devolve a provocação com um sorriso de cartum.

— Quem me dera. Sou escritor. Mas não sou da época de vocês, não! Sou de outros tempos: quando era algo maravilhoso ter escrito um livro. E hoje em dia... — um muxoxo. — Sou Esgar Mxyzptlk. Vocês já ouviram falar em mim?

Conhecemos o infeliz, é claro. A partir dali, o velho deita falação sobre sua carreira iniciada há trinta anos e milhões de exemplares vendidos em todo o planeta. Explica o convite que o trouxe à cidade para palestrar numa festa literária, o que, já pelo nome, segundo ele, seria "uma contradição em termos", "um picadeiro de vaidades", "um varejo de logros", "um congresso de vendas":

— Ando tão ocupado em ser um escritor, que não tenho mais tempo de escrever.

— Belo oxímoro, senhor Mxyzptlk!

— Fui traduzido para doze idiomas.

— Não sabia que existiam doze idiomas — roubo um pedaço do crustáceo, aberto em decúbito ventral na mesa de autópsia.

— O que os jovens querem comer? Eu ofereço.

Tomás pede uma milanesa à francesa: bife amaciado à marteladas empanado com farinha de trigo e ovos, acompanhando batatas palito com ervilhas, cebolas e fios de presunto. É o que sempre come em qualquer restaurante. Observando a fileira da direita, escolho o prato mais caro do cardápio, para depois perceber que é algum tipo intragável de coelho com molho de chocolate e pimenta. O velho pede champanhe gelado para todos.

— Desculpem se falo muito de mim. É que ultimamente só converso com jornalistas e outros escritores, e como só falo sobre esse assunto para eles, fico com essa mania. Mas vocês não são jornalistas ou escritores.

— Na verdade, poderíamos ser jornalistas ou qualquer outra coisa se não estivéssemos aqui, ou em todos os outros lugares.

— Entendo. Então acho que terei que falar em *off* — Mxyzptlk diz, amistoso.

Viro a taça e me sirvo outra vez:

— *Off*, como diria amigo meu, é como o rabo: melhor não dar. Somos desprezíveis! Ninguém na sua posição deveria confiar em vagabundos como nós.

— Pois vocês me parecem um par de jovens adoráveis.

Conversamos sobre amenidades, *free jazz*, a teoria do caos e os últimos lançamentos editoriais, entre garfadas, garrafas de espumante e voltas ao redor do próprio eixo:

— É uma bela vista, mas a idéia de um restaurante giratório é ultrajante. Não faz o menor sentido. Por que alguém gostaria de comer num lugar que gira o tempo inteiro?

— Acho que é porque dá a boa sensação de que se está indo para algum lugar. Mesmo que, no final, não se chegue a lugar nenhum.

— Seus leitores devem concordar com isso!

É quando Mxyzptlk fica pesado:

— Ah, a juventude cega! Não existe algo como "os meus leitores". O que existe é uma multidão em branco que resolve comprar livros com o meu nome na lombada. Desses, um décimo lê. A outra parte diz que leu, mas não consegue chegar até a metade. Hoje em dia, compra-se o livro pela capa, para botar na estante e fazer bonito. É só mais um fetiche. Dos néscios que largam os livros nas primeiras páginas tenho uma inveja profunda! — o velho faz uma pausa para mastigar uma pata da lagosta e lamber os dedos. — Provavelmente são sujeitos que vão à piscina aos sábados com as crianças e não têm a vida pontuada por delírios frívolos de grandeza encadernados de dois em dois anos. Gente saudável.

— Mas isso não é nada mal. Falando sobre os delírios de grandeza, eu mesmo...

O velho Esgar me interrompe raivoso:

— Pois então experimente! Fique com os meus leitores, leve-os para casa. O que me tira a saúde é essa pretensão, ainda mais se posta à luz da irrelevância do que fazemos nesse mundo semidestruído!

E:

— Não vale a pena perder uma vida inteira com palavras. A linguagem é a corruptora do pensamento! E o tempo que se gasta escrevendo é tempo em que não se faz nada, e para ninguém que importe.

— *Disconcordo*: "Quando se vive, nada acontece..."

— E esse é o engano de toda uma geração de narradores idiotas, meu jovem. Se tivesse nessa vida algum poder, que fosse o de destruir esses espelhos distorcidos. A gente entrega nossa vida a... Um bibelô, meu caro!

Ou:

— Um móbile bem construído! Pode ser belo, mas é inútil. Para que serve um livro de ficção nesse mundo?

— E o que é útil, então?

— Esse almoço, por exemplo. A lagosta ao alho. E o vinho. Mas vocês são muito novos, e ainda não entendem o que digo.

— Certamente que não.

— E tomara que jamais compreendam!

Tocado pela bebida, senti-me na obrigação de oferecer alguma esperança ao coração esgarçado do pobre Mxyzptlk (para piorar, havia deixado os cobres no carteado mais cedo!) e narrar-lhe, sem grandes cerimônias ou preâmbulos, a história de Françoise, que Tomás Anselmo ouviu tantas vezes e que, com algumas variações, é a seguinte:

A história de Françoise

Conheci essa mulher, que tinha o nome de Françoise, quando era um moleque com apenas seis anos de idade. Ela tinha cabelos ruivos, a pele branca e sardenta. Peitos de Anita Ekberg, lábios de Sophia Loren... O rabo da Adele Fátima. Era a mãe de uma coleguinha de colégio chamada Monique. A primeira vez que vi Françoise, que tocava violoncelo na sinfônica nacional, foi quando fui fazer um trabalho de grupo sobre a Grécia Antiga. No intervalo, ela nos serviu biscoito de maizena com coca-cola...

Fiquei imediatamente com o pirulito aceso. Nascia o amor.

"Então é isso o que é uma mulher?", eu pensei. Tudo fez súbito sentido.

Durante os quinze anos seguintes, freqüentei com certa regularidade a casa de Monique e Felícia, a irmã mais velha. Mas nunca tive nada com nenhuma delas, histéricas demais para o meu paladar. O pai, um comissário de bordo que a família chamava de comandante, separou-se da mãe quando elas eram adolescentes. As filhas viraram duas galináceas vareteiras. Mas Françoise ganhou viço e ficou ainda melhor. A verdade é que sempre teve uma bunda muito mais bonita do que a das filhas — que também eram tesudas, e tinham seu séqüito de farejadores, diga-se.

Ah, meus caros... Incontáveis foram as bronhas que dediquei por mais de uma década à xoxota de Françoise, por onde teriam passado Monique e Felícia... Depois descobri que as duas nasceram de cesária.

Que dolorosa decepção!

Quando fiquei adolescente e já tinha estampado azulejos ao redor do planeta com o pensamento em Françoise, vocês podem achar que é fantasia minha, mas o fato é que a bela, já cinqüentona, passou a me dar especial atenção. Sempre conversávamos na cozinha durante as festinhas das filhas. Os papos canastríssimos eram sobre literatura argentina, a floração das cerejeiras, o humor judaico, a cidade onde vivíamos... Eu devia ser o único amigo de Monique e Felícia que aos seus olhos não parecia um imbecil completo! Ao mesmo tempo, meus amigos imberbes não entendiam como podia eu perder tempo conversando com a mãe das gostosas da casa, que já me tratava como se fosse da família.

Mal sabiam que ia às festas com o único propósito de encontrar Françoise, seus cílios postiços, a pinta no colo lombardo revelada pelo decote, as coxas grossas e perfuradas brotando num cruzar de pernas.

O mastroiânnico evento que segue deu-se ao fim de uma festa de aniversário de Monique: dezenove anos. Mesma idade que eu, à época. Françoise vestia saia preta, casaco de veludo bordô. Falamos pouco. Ela parecia incomodada e se recolheu cedo.

Às cinco da manhã, os poucos que sobravam no cenário destruído eram casais pouco convictos, bêbados e uma gordinha amiga das meninas, que chorava. Depois, descobri que chorava por mim.

Não digo o nome da pobre para não dar azar!

Naquela noite eu era um homem de estranhas convicções. Sozinho na cozinha, abri a geladeira, comi um iogurte e verti o que restava de uma garrafa de Dom Pérignon. A idéia surgiu quando estava lambendo o resto do chocolate no plástico. Não estava bêbado, e sim lúcido, como em poucas vezes na vida.

Subi para o segundo andar. Enquanto andava, via um caminho iluminado a minha frente. Os degraus brilhavam com a marca de futuras pegadas! O mesmo aconteceu no corredor. Eu só precisava seguir as marcas reluzentes no chão.

No corredor, cheio de retratos desbotados pelas paredes, o simples pensamento de que Françoise dormia de camisola a poucos metros do meu nariz, por trás da parede, enrijeceu meu pau. Minha convicção, que já era grande, ficou enorme.

Bati na porta do quarto de Françoise. E entrei.

À meia-luz ela perguntou quem era. Eu disse:

— Estou procurando o banheiro.

Eu sabia que havia um banheiro no corredor a poucos metros.

— Pedrinho, é você?

Ela sabia que eu sabia que havia um banheiro no corredor a poucos metros.

— O banheiro é ali.

E apontou para o reservado da suíte. Num arrepio geral, tateei o escuro, encostei a porta do quarto e a do banheiro. Mijei forte, fazendo o maior ruído possível... Apaguei a luz e fui até a beira da cama.

— Françoise.

Não sou capaz de precisar a conversa. Ela disse que aquilo era absurdo, as filhas ali embaixo etc.! Ganhei primeiro sua mão esquerda, me ajoelhei ao lado da cama com as mandíbulas retesadas. Mostrei à Françoise minhas mãos trêmulas e disse a verdade: pensava nela desde a primeira vez que a vi.

Achei melhor suprimir a parte das milhares de bronhas.

Ela cochichou "às sete da manhã, na esquina" e me mandou sair — as filhas poderiam subir a qualquer momento.

O intervalo de duas horas me pareceu uma eternidade. Em casa, tomei um banho e bati a última punheta pensando naquela mulher, prometi a mim mesmo. Não queria decepcionar Françoise com uma gozada rápida.

Ela me buscou de carro e fomos ao motel La Fourmie, na Avenida Heliópolis. Falamos pouquíssimo, pois não havia mais o que dizer, e trepamos em desespero. Esporrei os espaços daquela mulher monumental, mergulhei o corpo nos seus vãos e neles desapareci — entendam que eu era um jovem, bem mais jovem do que o jovem que sou hoje! Jamais me senti tão urgente quanto ali, com Françoise. Não poderia estar em outro lugar, ou ser outra pessoa. Naquele momento, eu me justificava.

E foi a única vez. Depois nunca mais nos vimos — ao menos, não daquela forma. Nas festas, ficou arredia. A última vez que a vi foi no casamento de Monique, acompanhada por um senhor de fraque, suíças e pince-nez. *Mal nos falamos.*

Fico feliz que seu nome seja incomum: Françoise.

Porque cada vez que ouço, é como se ouvisse o som da vertigem.

Mxyzptlk, dissimuladamente impressionado com a história de Françoise, dá dois tapinhas silentes nas minhas costas. Respira fundo, enchendo os pulmões apodrecidos, e arremata, sardônico:

— Se você acha, meu jovem, que mulher é vertigem, não sabe o que é mulher. E muito menos o que é vertigem!

Esgar paga a conta com um cartão platinado e nos convida para o quarto.

— Há algo que vocês precisam ver.

Descemos um lance de escada e chegamos à suíte do velho, no final de um corredor monótono de portas e luzes brancas. Ele enfia um cartão perfurado numa ranhura na maçaneta e logo estamos dentro do largo cômodo envidraçado do chão ao teto. A cidade, abaixo, é um desconjunto de traços e movimentos frios.

— Sentem-se. Vou pedir para trazerem café, doces, torta de queijo, pudim de abacaxi!

Há um caderno de capa dura cochilando numa mesa de centro. Sem muito pensar, arranco a última das páginas do diário e enfio no bolso do terno. Tomás me recrimina. Digo que aquilo pode valer dinheiro quando o velho morrer:

— O que pode acontecer a qualquer momento.

Tratamos de acomodar nossas bundas vestidas em cuecas de linho marroquino no sofá enquanto Mxyzptlk abre um pórtico que divide o espaço entre a sala de estar e o quarto. Na cama, sob um véu semi-aberto, estão duas mulheres japonesas que dormem. Uma é loira e a outra é morena.

Nuas.

A primeira está deitada de lado, com as mãos espalmadas sob a cabeça, as pernas dobradas em posição fetal. A morena, deitada de bruços, tem uma das coxas apoiada sobre os tornozelos da outra, o braço direito atravessado sob a nuca da amiga.

— Parecem anjos — cochicho.

— Como são lisas! — Tomás, abobalhado.

Um velho camareiro de bochechas vermelhas, muito parecido com Péricles, o barbeiro, desliza os sapatos pelo chão trazendo a mesa com o café e alguns doces. O tilintar das louças desperta a morena, que se levanta e olha para os três enquanto se espreguiça longamente.

— Bom dia.

E boceja, levando a cinturinha delgada sobre as coxas grossas em direção ao banheiro, confortável dentro da solidez do seu corpo. Mxyzptlk nos serve café.

— Não se preocupem. Não precisam fazer nada com elas se não quiserem. Eu mesmo não posso.

— Não pode o quê? — pergunta Tomás.

O velho levanta e, num gesto rápido, puxa o cinto de pano que prende o roupão à sua cintura, desenlaçando-o. A xícara de Tomás se espatifa no chão, despertando a segunda mulher.

— Está tudo bem aí? — ela pergunta, ainda esfregando os olhos.

— Sim, querida. Estou aqui com amigos. Pode voltar a dormir — Esgar Mxyzptlk responde e volta a amarrar o roupão. — Tive que sofrer essa mutilação por causa de um câncer. Comecei a escrever depois da operação, percebem a estupidez? Depois da doença, nunca mais tive mulher! Quer dizer, delas usufruo, mas sou o restaurante giratório do hotel: não chego a lugar nenhum.

— E aquele tubo de plástico?

— Sonda. Preciso para ir ao banheiro.

É de onde as duas mulheres voltam abraçadas e nuas, como se jamais tivessem vestido uma peça de roupa. Seus ombros e ancas não têm nenhuma marca de elástico, calcinhas ou biquínis.

— E quem são?

— Minhas enfermeiras: Su e Ju! Sempre viajam comigo.

As duas sentam nas pernas do velho e acariciam a cabeça dele no que seria um cafuné, se ali houvesse cabelos. Como não há, as duas passam os dedos pela careca manchada, tamborilam as falanges sobre pintas escuras. Tentam nos encarar. O olhar das duas é ingênuo: são quase crianças. Tomás sente um puxão na próstata.

— Vamos embora, Pedro?

Antes de sair pela porta, olho para o sofá, onde está o pequeno Mxyzptlk com os dois fantoches muito brancos no colo. Enquanto Tomás insiste no botão do elevador, o velho ainda dirá:

— Ainda a vida toda pela frente... E tão burros!

No momento em que somos cuspidos de volta à rua, o sol começa a abandonar o zênite e a cidade estremece indiferente ao horário da *siesta*, cada vez menos respeitado pelo comércio e pelos administradores regionais. Andamos por uma plataforma de metal pontilhada por santos acobreados e mendigos com a mão estendida sobre os joelhos fincados no chão — um pedinte e meio por santo, constato a derrota numérica da Santa Fé após rápido cálculo. Tomás joga uma moeda a um deles: a história do velho o deixou com uma culpa difusa entre as orelhas.

Paramos para nos refrescar numa fonte em forma de Penélope, a verter água gelada pelas suas tetas de pedra sabão. Mulheres passam por nós suando nacos e polpas de carne sob calcinhas *string* e curtíssimas saias, cabelos ruivos grudados nas nucas, reparando nos jovens bem arrumados, que se equilibram decididos sobre os italianos pontudos. Mas depois da nudez das meninas do velho Mxyzptlk, todas as moças da rua parecem insípidas. Antes que pudesse explicar para Tomás Anselmo o que acabávamos de viver, meu telefone toca oportunamente:

— Sim, já vou praí. Tomás comigo. Ok. Beijos.

— Quem era?

— A doce Maria. Está com uma amiga aqui perto.

— Quem é a amiga?

— O nome é Verônica — e antes que Tomás fizesse outra pergunta: — Não conheço, sei de mais nada.

Enquanto caminhamos até o próximo bar, um buraco chamado Divã do Mundo, Tomás pensa na doce Maria. Não da minha forma torpe, mas como um marinheiro embarcado no Pacífico que guarda no fundo da mochila de pano uma fotografia desbotada de uma dançarina de cabaré com quem dançou uma única vez.

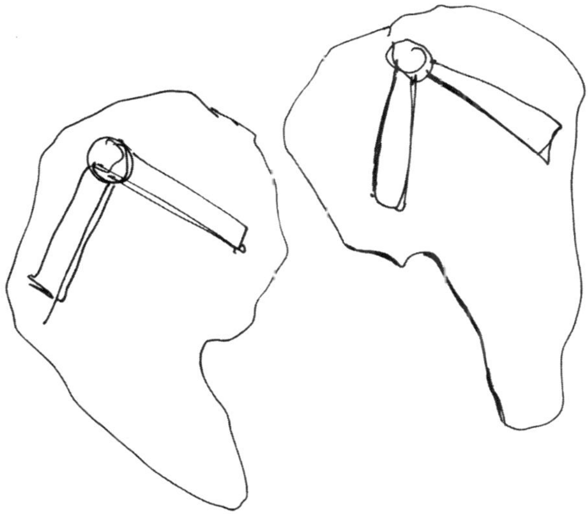

— UM HOMEM CÉLEBRE COMO MXYZPTLK JAMAIS CONVIDARIA DOIS MOLEQUES PARA SUA MESA... GRAVE INVEROSSIMILHANÇA! E NÃO ME ENCANTEI COM AS DIGRESSÕES SOBRE O MUNDINHO LITERÁRIO. ESSE PAPO É CADUQUÍSSIMO. DÁ UMA PREGUIÇA DANADA TER QUE LER ISSO OUTRA VEZ, MANDIOCA! MANDIOCA! MANDIOCA!

— *Mandioca é uma planta, não é? Qual o problema?*

— MINHA VONTADE É MANDAR FAZER FARINHA DO SENHOR.

— *O que é farinha?*

— É UM PÓ QUE SE OBTÉM APÓS TRITURAR CERTAS SEMENTES E RAÍZES, COMO A DE MANDIOCA, SENHOR PEDRO. ESSE PÓ SERVE DE ACOMPANHAMENTO PARA FEIJÃO, POR EXEMPLO, PRATO TÍPICO DO SEU PAÍS.

— *Que país?*

— O BRASIL!

— *Aquele país dos chinelos?*

17:35

Maria e Verônica encaram dois copos de *dry martini* descansados sobre um antigo balcão de madeira. Há um grande espelho na parede, mas o rosto das duas não chega a encontrar seu reflexo: nas prateleiras a sua frente há uma infinidade de garrafas e, abaixo, uma grande estufa com cabritos mortos, abacaxis, cachos de banana e latas de azeite.

Num canto da estante, em destaque entre galhos de arruda e empoeirados santos de porcelana, há uma compoteira de vidro onde flutua um feto aprisionado numa redoma de silêncio e formol. Preso ao frasco côncavo, há um pedaço de esparadrapo com uma palavra escrita.

Tomás se aproxima e percebe que a palavra é "DEUS".

— Mau gosto, você não acha?

Verônica, *tennis girl* do Country Clube, dançarina moderna, iogue com pretensões de arte, vocações *fotogenitais* e existencialismo de boutique inflandolhe os peitos de cinco mil libras esterlinas, veste blusa listrada presa às costas por um nó comprido enquanto botas pretas escalam suas finas canelinhas até a altura dos joelhos. E a nuca descoberta, a saia de *pois*, as raízes dos cabelos negros à mostra. Depois de falar com Tomás, dá meia-volta, levanta seus óculos escuros e tira o equilíbrio dos meus calcanhares com um golpe de olhos verdes apontados para mim.

— Meu querido! — a doce Maria se adianta ao tremor.

— Amor — e beijamo-nos protocolarmente.

Tomás e Verônica se enxergam sem jeito, cumprimentam-se com um curto movimento de pescoço. A doce Maria saca uma máquina pesada da bolsa e tira uma fotografia amarelada de nós três. Veste um vestido vermelho e sapatilhas de bailarina amarradas nas panturrilhas. É uma ruiva das que dormem em conchinha, com expressivos dedos dos pés, pouco mais alta do que a amiga — muito mais virtuosa do que todos nós.

Anselmo mal esconde os sentimentos juvenis no rosto em brasa e estranhas reações como a de não reconhecê-la, perdida numa imagem misturada de tantas outras ou nenhuma. "Será mesmo ela, a doce Maria?" ou "Como está diferente do que lembrava — do que havia *imaginado*!" O bucha apaixonado jamais conseguirá fixar com seus olhos lacrimejantes de metafísica a imagem do seu objeto de afeição: ela, seja lá quem for, sempre será outra! E o que Tomás não descobrirá, no tatear de sombras da sua curta existência, é que as duas nunca existirão em tempo algum.

— Posso saber o que fazem tão elegantes? — a doce Maria pergunta, ao que Tomás se adianta.

— Estávamos almoçando no... — e antes que termine a frase, o interrompo:

— Aqui perto. E você saiu mais cedo do trabalho por quê?

— Saí pra almoçar e encontrei minha amiga. Está fazendo um trabalho na produtora.

Maldito seja, pensa Tomás Anselmo, o tempo em que todos trabalham em "produtoras". Estão sempre "produzindo" algum "projeto".

— A Vê! E aí resolvemos beber.

— Martíni.

— Isso. E o que vocês querem?

Tomás sente que precisa continuar, sob o risco de desmoronamento físico e moral: pede um copo de leite quente com conhaque.

— Tomás, o que você tem? Leite às três da tarde?

Aquela talvez fosse a primeira vez em anos que Maria chamava Tomás pelo nome. Ou é assim que meu amigo entende, no que decide dar máscula resposta.

— Alguém tem que fazer isso!

As moças bebem um gole e descansam as taças. Verônica leva a azeitona, que explode entre seus dentes, do palito à boca. Há um silêncio constrangedor: lufadas de vento esculpem a pedra de cânions obscuros, sibilam em abismos noturnos. Somos um sistema em desequilíbrio, um quadrilátero com os cotovelos presos ao bar alcantilado, a meio passo do aniquilamento.

Antes disso, *tête-à-tête* banal:

— E você, Verônica: o que faz da vida?

— Vou a bares obscuros e encontro com estranhos durante o dia.

— Temos o mesmo emprego! Eles pagam férias e décimo-terceiro, ou passam você para trás como fazem comigo?

— Estudo cinema. Quer dizer, é o que eu deveria estar fazendo agora. Há dez anos não consigo me formar.

— A única que tem um diploma e trabalha de verdade nessa mesa é a doce Maria. Nessa mesa, não. Nesse bar. Ou no quarteirão. Aliás, ela é a única pessoa que eu conheço que trabalha, em toda essa cidade monstruosa! Os outros são artistas entre aspas ou aposentados-pensionistas, os primeiros sustentados pelos últimos. Não é, meu amor?

— "Alguém tem que fazer isso!"

— E você já *fez* alguma coisa, Verônica? — Tomás se intromete na conversa.

— Como assim? Hoje mesmo saí de casa e...

— Já filmou, eu quis dizer?

— Fiz um curta uma vez. Ganhei o rolo de presente, pegamos a câmera emprestada.

— Podemos ver?

— Sim, mas antes temos que arrumar um cinema porque eu só tenho o rolo mesmo. Está em cima do meu armário, pegando poeira. A gente faz filme e ninguém vê... — um muxoxinho.

— É sobre o quê?

— Um *thriller* existencialista sobre uma mulher que seqüestra todos os homens com quem já esteve... — repete Verônica, empertigadíssima, o texto decorado num tom impertinente. — Ela os tranca num círculo da morte de circo, desacordados e nus! É um plano único: a imagem parada de uma câmera de vigilância filmando os seis homens que acabam por enlouquecer.

— E como foi dirigir todos esses homens nus? — aquela era a idéia mais egomaníaca que jamais ouvira de uma mulher.

— Complicado, porque a maioria deles murchava com o frio.

— Não é para menos.

— Para piorar, a equipe era só de mulheres.

— Por Zaratustra! Esses atores deveriam ser canonizados.

Uma bolha de constrangimento se desfaz quando finalmente rimos de alguma coisa: *icebergs* desmoronam no Pólo Norte, pingüins trepam num surto hedonista. E não só isso: ao mesmo tempo uma tartaruga soterra-se num deserto mongol, e na Antuérpia sardentas virginais arriam calcinhas ao santo padre, e num funicular lisboeta um jovem arremessa guirlandas na testa de sua amada, e em falésias sírias escondem-se enamorados terroristas, e num *bunker* na China vem ao mundo o novo Cristo, e alguns metros abaixo dos bancos onde nos aboletamos no Divã do Mundo, um deflorador de velhas segura a bolsa caída de uma pentecostal senhora na *gare* do metrô. Aqui, continuamos a ser o mesmo sistema complexo e infantil, sem fé ou conhecimento dos nossos fatores exponenciais, variáveis estocásticas etc.

— O globo da morte da menina me lembrou a *Kombi do amor*... Sabe do que estou falando, Tomás?

— Próximo assunto, Cassavas!

— Agora quero saber! Como assim? — as moças insistem, pirilâmpicas.

Com variações, a cena se repete por alguns minutos e *cocktails* pedidos ao *barman*, um invertido tatuado de cós curto. Agora há invasão de músicos e suas maletas negras no pequeno palco do lado oposto ao balcão. Por trás da rubra cortina de veludo entreaberta e sob a luz castanha de um candelabro, um cantor de nome Louis Firehair passa o som para a *soirée* da noite, acompanhado por um trio de *jazz* e cantoras performáticas, *strippers* burlescas de nomes como Juliette Delville, Louise Dragon e Pantera Sauvage.

Preciso gritar para me fazer ouvir enquanto o grupo ajusta os volumes dos instrumentos e manda ver uma ensurdecedora versão de "Puttin' on the Ritz":

— É que meu querido amigo, quando era adolescente, sempre imaginava a *Kombi do amor* antes de dormir. Dentro da Kombi, guiada por ele mesmo, estavam vizinhas, primas, colegas de turma, algumas mães dos amiguinhos...

— Inclusive a sua, Pedro! Mademoiselle Cassavas, delícia viuvesca, batia ponto.

— Eram sempre as mesmas dentro da Kombi? — os olhos da doce Maria fremitam num brilho inocentemente oferecido.

— Não. Era um sistema de rodízio! Porque na Kombi só cabiam dez pessoas e eu era muito rígido com a lotação — responde Tomás, *très charmant*, com um bigode de leite nos lábios, ganhando a certeza, nos fundilhos da sua consciência esfarrapada, de que conversas assim são inúteis, como todas. — E com licença que o papo me deu vontade de conferir meus atributos ali no banheiro.

— E a Kombi do amor vai dar outra volta! — digo eu, sob o olhar entorpecido de Verônica, ao que *la dolce* Maria segue o movimento de Tomás, empurrando o banco para trás:

— Preciso fazer o mesmo.

Nos fundos do bar há essa escada que desemboca em espiral numa ante-sala subterrânea com as paredes ocupadas por rabiscos anônimos e pôsteres de teatro, abrindo caminho a uma porta dupla de madeira: os banheiros. Tomás e Maria abrem e fecham a porta dos seus respectivos reservados. Os graves do baixo acústico do grupo de Firehair são agora murmúrios distantes vibrando pelo teto. As paredes são contíguas e Tomás ouve o jorro de Maria no vaso. Ele se apressa: quer que os dois façam ao mesmo tempo. A imagem de Maria abaixando as calcinhas, flexionando os joelhos grossos e agachando-se sobre o vaso insufla Tomás de ternura, fazendo-o soltar a bexiga em desenhos espirais na água do vaso.

Antes de terminar, ouve a porta bater.

— Tomás — um cochicho.

— Quem é?

— Sou eu, abre logo!

Tomás Anselmo fecha o zíper sem se secar e abre a porta. A doce Maria estende o indicador em ângulo reto sobre os lábios, pedindo silêncio, entra no pequeno lavabo e tranca a porta atrás de si. Os dois ficam apertados no escuro — há apenas um fio de luz que entra pela fresta da porta, ao rés do chão. Maria avança sobre a boca do meu amigo que, sem reação, oferece a língua e os lábios espessos. Depois senta no tampo da privada, desliza os dedos pelo zíper recém-fechado e encontra um Tomás ainda amargo de urina que perde os dedos nos cabelos da minha mulher até esguichar a doce Maria goela abaixo.

Ela então limpa Tomás com a ponta da língua e o guarda dentro das calças. Põe-se de pé, levanta o vestido num gesto de criança e agora é Tomás que fica sobre os joelhos, com o rosto colado aos segredinhos depilados da doce Maria. "E imaginar que todas têm isso!", ele pensa com os olhos cerrados, num abraço fraternal, como se percebesse de súbito que foi enganado durante toda sua vida, e por todos que conhece.

Depois de algumas palavras não ditas, a doce Maria destranca a porta, bochecha água fria na pia, se olha no espelho, usa os mindinhos para limpar o canto das pálpebras, e sai primeiro, sem dar palavra. Tomás se seca com um papel e volta a fechar a calça. Quando sobe, encontra Maria me beijando amargo e Verônica levando o final do seu drinque à boca com ar assoberbado. Agora, o bar parece mais cheio, ainda que continue vazio como antes.

O grupo de Monsieur Firehair larga um último acorde sobre nossos ouvidos antes de deixar o palco sob os cochichos e arrulhos das dançarinas de maiô, balançando peninhas de ganso nos traseiros até a rua.

— Acho que preciso voltar ao trabalho — a doce Maria diz, descolando os lábios e os dentes de mim. — Verônica, se quiser, pode ficar com eles. Você nunca tem hora mesmo.

— Tenho que fazer tempo porque tenho uma entrevista às sete.

Elas sempre têm uma entrevista.

Despeço-me da doce Maria que beija a testa de Tomás e o rosto da amiga, deixando todos condenados à solidão eterna, aprisionados do lado de fora da sua redoma de delicadeza.

— Você não conhece Maria há muito tempo, não?

— Conheci ontem. Na produtora...

Verônica age em camadas, como se estivesse em outro lugar, ocupada com algo importante e, quando solicitada, voltasse para responder uma ou outra pergunta.

— Então você não tem *intimidade* com ela.

— Não! Mas ela me parece ótima.

— Ela é. Mesmo assim, estamos próximos do fim.

— E por quê?

— Quando duas pessoas se conhecem, no segundo seguinte já começam a se desconstruir. E nós já nos desconstruímos demais. Eu me transformei num pedaço do que era, e ela também. Talvez seja a hora de começarmos a demolição de outras pessoas.

Sou um engraçadinho sarcástico e me arrependo das palavras assim que saem da minha boca:

— Preciso de uma mulher que me faça broxar!

Tomás grita “garçom”, decide encerrar sua fase de leite com conhaque, e pede chopes com *fernet* para todos. Verônica diz obviedades:

— Assim meu dia vai acabar mais cedo...

Ou,

— Vocês querem me levar para o mau caminho!

E ainda,

— Vocês bebem como se não houvesse amanhã!

Ao que Tomás, despertando do seu mutismo, responde, virando o *fernet* num só gole:

— E para que haveria algo como o amanhã, Verônica?

— TUDO ISSO É MUITO BRUSCO, MANDIOCA. QUAL A PREMISSA? O TEMA? VEJO APENAS UMA SUCESSÃO DE EPISÓDIOS TOTALMENTE GRATUITOS! QUANTAS ÁRVORES FORAM DERRUBADAS PARA PUBLICAR ISSO AQUI? CRIME ECOLÓGICO, DECERTO! E VOCÊ É UM BRASILEIRO DESLUMBRADO E BURRO. UMA CAVALGADURA! "PUTTIN' ON THE RITZ"!? POR QUE NÃO UM CHORINHO? UM LUNDU HONRANDO SUAS ORIGENS AFRICANAS?

— Mas não conheço a África. E muito menos o Brasil...

— VOCÊ NASCEU LÁ. OU, MELHOR DIZENDO, AQUI.

— Preciso me lembrar da cara do argelino que me vendeu a bola que tomei ontem. Essa é a alucinação mais estranha!

— E BRASILEIRO BEBE CACHAÇA, NÃO BEBE MARTÍNI OU FERNET. NO MÁXIMO, STEINHAGEN!

— O senhor está me tomando por quem não sou. Mas fico tranqüilo porque sei que logo acordarei fora desse balanço e voltarei para meu lugar no mundo!

— AO LADO DE TOMÁS ANSELMO, QUE VOCÊ FEZ QUESTÃO DE BATIZAR E VESTIR RIDICULAMENTE LOGO NO INÍCIO DA HISTÓRIA? E POR QUE ESSE TEMA DAS ROUPAS? NÃO VÊ COMO É PATÉTICA E FORA DE PROPÓSITO ESSA OBSESSÃO POR APARÊNCIA, BELETRISMO E BEBIDA?

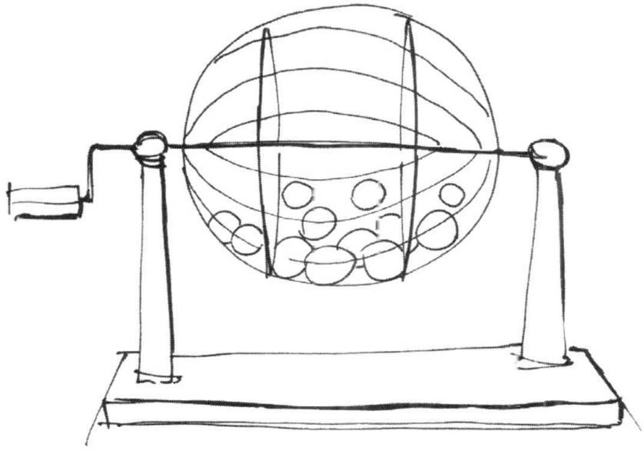

19:01

Saímos abraçados pela rua cantarolando o adágio do concerto número cinco para piano e orquestra de Beethoven. A melodia é puxada por um ébrio Tomás que se apóia no meu ombro com dificuldade. Eu já tenho os cinco tentáculos da mão direita agarrados à cintura fina de Verônica.

— Verônica, perdoe Tomás! É um esteta que gosta de música erudita e acha que isso impressiona as moças.

— Pois então conseguiu.

— Táxi!

Abro a porta do carro amarelo e digo "bingo". Saltamos pelo outro lado, já no nosso destino: uma casa de nome Palácio e fachada Luís XV, postada a poucos quarteirões do Divã do Mundo. Entramos por um portal de vidro fumê, sob o olhar de seguranças engravatados, e logo mergulhamos numa mixórdia de luzes azuladas, caça-níqueis amazônicos, espelhos convexos e sinos eletrônicos. As portas automáticas de um reservado abrem-se: caminhamos por um aquário esfumaçado com telões nas paredes indicando os números sorteados, ditados por uma voz feminina e suave. Somos as únicas criaturas com menos de setenta anos e noventa quilos dentro do salão, onde ocupamos a única mesa ainda vazia.

— Parece o cenário de um filme ruim — Verônica ergue as sobrancelhas finas e gira o periscópio pelo salão.

Compramos cartelas e deixamos o som monocórdio dos números ninar os nossos reflexos, altura dessas equivalentes aos de uma lontra com hemorragia cerebral. Divido uma cartela com Verônica, que risca com um círculo:

27,

18,

28,

40,

98,

02,

82,

91,

21,

55,

31,

87,

34,

09,

65.

Tomás Anselmo grita "linha!" e eu desperto como que de um sonho.

Há um murmúrio de frustração quase inaudível. Todos os olhares se concentram em nós — são como bichos entocados. Saídas de uma trincheira de metal, duas moças de saia marrom e cabelos presos com gel se aproximam da mesa e conferem o número da cartela de Tomás.

— O senhor errou. A última bola sorteada foi 68 e não 86.

— Mas puta que me pariu! — Tomás bate com a cabeça na mesa.

A voz do alto-falante diz, robótica e nasal, com um tom de interrogação interrompida no fim das palavras:

— Linha não *confereumn*. *Sigoumn*.

E todos abaixam o rosto, a conferir a chuva de algarismos. Depois da linha mal cantada, dois seguranças empalhados plantam os pés ao lado da nossa mesa, com braços cruzados e olhos ocos apontados para nós.

— E se houvesse um *videotape* com a filmagem de toda a sua vida? — dou início à sofismática de bingo.

O pitéu continua a prestar atenção nos números, cravando a caneta preta nos sorteados, mordendo graciosamente os lábios e a caneta preta nos intervalos, numa série de gestos espontaneamente ensaiados:

— Ah. Eu já pensei nisso...!

— É claro que já pensou, chuchu. Se houvesse essa fita, caso você desistisse de qualquer coisa, como entrar nesse bingo, isso levaria à destruição de uma seqüência do filme.

— De um plano.

— Exato, Verônica!

— Mas essa cena seria rapidamente substituída por outra. Eu fora daqui, lendo Schopenhauer à beira do rio, fumando haxixe num banco sob uma ponte de metal, ou correndo dos pombos na praça (eu morro de medo dos pombos, sabia?), ou ainda...

— *Si, è vero*, Verônica. De qualquer forma, tudo seria permanente. Você percebe a diferença?

— Entre o quê?

— O registro e o não-registro. Vivemos sem registro algum! Sequer temos a ilusão da permanência, Verônica — digo em tom grave, epifânico, enquanto a menina verte espirais de indiferença pelos poros das bochechas. — O *videotape* daria a nós a certeza de que continuamos existindo! Eu e você, sob as luzes brancas do bingo e o som dos números caindo sobre nós, eu me aproximando de você enquanto Tomás jaz semi-inconsciente na mesa engordurada, eu começando a brincar com a sua cartela de bingo, talvez impedindo você de assinalar os números, ou ditando outros no seu ouvido pra te confundir, ou pachorrento, invadindo sua nuca com a palma da minha mão, encostando os meus sapatos nos seus sob a mesa, ou, numa mudança brusca de plano, beijando seus lábios inertes...

— Acho que eu não iria querer, Pedro.

Um senhor com soro espetado no braço reúne suas forças e solta um grito rouco de "bingo!", dessa vez legítimo. Após breve burburinho, volta a se fazer silêncio e tudo recomeça, com novas cartelas e renovadas esperanças.

— Não quereria o quê?

— Imagina se não pudéssemos apagar o *videotape*? Ou não quiséssemos? Ou se vivêssemos em dúvida?

— Sim. O *videotape* seria indelével! Quanto mais você quisesse apagar o *videotape*, mais ele seria projetado em todos os lugares, como as bolas estampadas nos telões do bingo.

— Isso seria um pesadelo. Olha, acho que vou fazer uma linha aqui.

— Não vai fazer nada!

— Você é completamente maluco, garoto. Eu mal te conheço.

Quando ela disse "garoto", insuflei-me de certeza. Liguei o *videotape*.

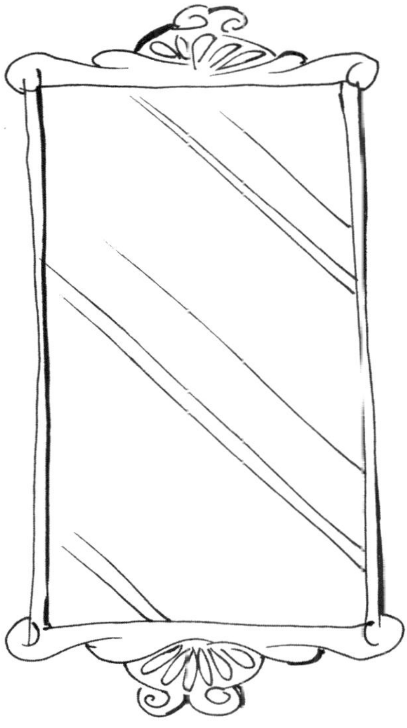

— Como você conhece Tomás?

— NÓS SABEMOS DE TUDO QUE VOCÊ NOS DEIXA SABER.

— Tomás sabe que estou aqui? Maria?

— NINGUÉM LÁ SABE. ELES NÃO LÊEM A HISTÓRIA COMO NÓS. ELES NÃO TÊM O "REGISTRO".

— Gostaria que eles estivessem aqui. Tudo agora parece tão distante!

— TIRE A ROUPA E SE OLHE E SE TOQUE. QUERO VER VOCÊ NU.

— Por quê?

— EU FAÇO AS PERGUNTAS AQUI. AGORA, OBEDEÇA, OU VOU EMBORA E AS CORRENTES... OLHANDO PARA VOCÊ, SIM?

(...)

— Estão satisfeitos? É a coisa mais humilhante que já fiz na minha vida.

— SOU TÃO PERVERTIDO QUANTO VOCÊ. ESSE É UM JOGO DE MÃO DUPLA. FALE SOBRE MIM AGORA. QUERO ME CONHECER MELHOR. MAS NÃO PRECISA CHORAR. NÃO CHORA, MANDIOCA! MANDIOQUINHA....

20:21

— A minha entrevista, rapazes. É agora!

Deixamos as bebidas e cartelas rabiscadas na mesa e saímos correndo pelo castelo de mármore, eu e Verônica puxando Tomás pelo braço, a quem os excessos da tarde estúpida já cobram a conta:

— Dom Pedro, eu preciso te contar uma coisa — diz, e desaba para os lados, prestes a chorar ou vomitar.

— Guarde para si, meu querido!

No táxi guiado por um coreano melômano que ouve a trilha de *Ascenseur pour l'echafaud* do Miles Davis no volume máximo, Tomás Anselmo finalmente chora no meu ombro. Dou cafuné no amigo. Verônica, com a mão apoiada na minha coxa, me provoca uma semi-ereção. Os trinados em preto-e-branco do trompete ninam nossos sentidos.

Pelas janelas, a cidade é uma série de riscos coloridos: o pôr-do-sol avermelhado tem um ar auspicioso, com cheiro de avenidas abertas e moças sentadas nos cafés lendo romances e bebendo vermute. Passamos pelas colinas da cidade alta, cujas luzes começam a se acender, e atravessamos uma das sete portas, onde atropelamos (sem gravidade) uma família de pedintes. Chegamos à praia do Lidô, com seus descampados de grama, mansões de grandes jardins, teatros e hotéis decadentes. O teste de Verônica é aqui.

— Não é teste, seu bêbado. É uma entrevista com uma atriz. Estou escrevendo um livro sobre atrizes. E ela é a...

— Não sei se é recomendável você chegar lá comigo e com Tomás. E nesse estado.

— Vocês são dois vagabundos, mas estão bem-vestidos. E a velha é do tipo excêntrico, vai gostar.

— Você só pode estar louca.

Está.

Na portaria do edifício, um belo exemplar de "predinho *art-noveau*", segundo os balbucios de Verônica, nos identificamos ao vigia, registramos nossas digitais e recebemos autorização e crachás para subir. Entramos no elevador, um labirinto compacto de reflexos com as quatro paredes espelhadas.

— Por que você me olha assim? Não me diga que me acha linda...

Com as duas mãos anatomicamente espalmadas nos peitos discretos e invencíveis de Verônica, reproduzidos em infinitas repetições, dou-lhe um chupão de boa sorte: consuma-se o adultério, embaçam-se os espelhos.

— Agora sei de onde te conhecia, quando nos encontramos mais cedo.

— De onde?

— Do futuro!

Antes que possa anunciar à Verônica meus planos de fuga com ela no vapor que sai de madrugada, alguém abre a porta do elevador.

— Vejo que trouxe amigos!

Poderia descrever a senhora que nos abre a porta como tendo cabelos cor de prata escovada, e dizer que usa sobre o corpo ainda esguio um vestido preto com decote bordado, e camafeu russo espetado sobre o peito, e brincos compridos nas duas orelhas, e bracelete no antebraço rugoso, e cheiro de talco, e olhos vidrados, essas indicações inúteis que se encontram em romances quando o autor precisa descrever alguém. Em vez disso, digo apenas que a velha parece com um retrato de Modigliani.

— Esse aqui não está muito bem, Dona Giulietta! — Verônica diz, apontando para Tomás, que, ao entrar na sala cheia de bibelôs, vasos pintados e naturezas mortas, abandona-se num sofá de couro branco.

— Vou pedir ao Johann, o mordomo seviciador, que cuide dele.

Entra, à esquerda do palco, sob o círculo de um canhão de luz, um homem barbudo vestindo bermudas listradas, com cavanhaque e cabelos tingidos de louro, e leva o cambaleante Tomás para algum misterioso aposento da casa. O caminho das visitas está indicado por um plástico grudado ao chão com fita adesiva.

— Por favor, evitem pisar fora do plástico, sim? — diz Johann, o mordomo seviciador, antes de desaparecer nas brumas do apartamento.

A velha se senta num sofá e pede para que Verônica ocupe o lugar ao seu lado. Eu me jogo na poltrona. Tomamos chá de menta, que me faz suar o álcool da tarde.

Verônica liga o gravador:

— O que você quer de mim, minha filha? Eu já falei o que precisava no meu livro *Giulietta na ponte*!

Como Johnny de le Fleuve, acredito que duas coisas no mundo são verdadeiramente fatigantes: "ouvir um tenor célebre e conversar com pessoas notáveis".

É o preciso caso.

— Há algo que a senhora queira falar, depois de tudo? — Verônica resiste corajosamente à embriaguez.

— A bem da verdade, não.

— Então tá — a menina desliga o gravador e vira o queixinho trêmulo para a janela.

Do lado de fora do vidro e do ambiente frígido pelo ar-condicionado, gaivotas dão rasantes, nuvens desleixadas riscam traços púrpuros no céu. Da janela, vêem-se as docas e seus guindastes negros, a vila dos pescadores, o arranjo aleatório das ilhas, fortes e barcos ao redor.

A velha nos serve uma segunda rodada de chá.

— E quem é você? — olha para mim e me descobre no meio de um nevoeiro, enquanto as xícaras transbordam.

— Sou um amigo da Verônica.

— Ele me conheceu hoje. Na verdade, sou conhecida da mulher dele! E no elevador nos beijamos...

— Dona Giulietta, eu sou um grande fã da senhora! — interrompo.

— Ah, meu rapazinho. Vamos cortar essa enrolação.

A velha tosse vírgulas e escarra pontos finais:

— O que você faz da vida, meu jovem?

— É a segunda vez que respondo essa pergunta hoje. Não faço nada — percebo que Verônica volta o rosto da janela e agora me encara com desprezo — ou nada do que quero fazer vai pra frente. Eu já tentei algumas coisas...

— Ah! — o rosto da senhora se ilumina. — Eu adoro gente fracassada. "O triunfo tem sempre algo de vulgar e horrível..." Quem é que escreveu mesmo isso?

— Não faço idéia.

— Sabe que vi meu marido morrer? Foi um assalto. Um assalto na Avenida dos Libertadores. O engraçado é que a gente passa a vida inteira esperando que alguma coisa realmente importante aconteça, e quando acontece...

A velha fala muito devagar: precisa articular as frases inteiras dentro do seu corpo antes de expulsá-las de si, de uma só vez. Num movimento silencioso que Dona Giulietta não percebe, Verônica desliza as mãos até o gravador na mesa e volta a ligá-lo. No tempo de um sorriso, desligo o aparelho e o guardo no bolso do terno. Verônica ensaia fazer bico, e eu, com o indicador ereto, mando-a calar a boca.

— Éramos felizes. E eu esperava que viesse alguma coisa que destruísse isso, porque é o que sempre acontece. Bem, pelo menos é o que acontece nas histórias que a gente lê, ou na maioria dos textos que interpretei quando era uma atriz, mas isso faz tanto tempo. Há quantos anos, minha filha? Quarenta? Essas lembranças me vêm como se fossem de outra pessoa. Nem me reconheço nos filmes e nas fotos.

E aponta o dedo hesitante para uma cômoda cheia de porta-retratos do século XX.

— Mas estava falando do meu marido, que morreu, e o pobre morreu na minha frente. Um tiro na testa dele e saíram correndo, e não levaram nada.

Levanta o tronco para buscar ar, serve-se de uma *madeleine* e continua.

— Bem, minha filhotinha — diz, olhando para mim. — Sabe que, quando percebi o que tinha acontecido, minha primeira reação foi rir? Rir de felicidade mesmo. Na hora não entendi, e fiquei alguns anos sem saber por que fiquei tão feliz. Era uma alegria, como posso dizer?, quase palpável, como se tivesse ganho algum prêmio esperado. Depois de anos na expectativa... Vivemos a espera da tragédia, não? Não me entenda mal, eu amava *il commendatore*! Mas ria e chorava de felicidade abraçando e beijando a cabeça dele caída no meu colo. É ridículo dizer que aquela cena era a que faltava para fechar o nosso último ato? Porque de outra forma ele seria testemunha dessa minha *débâcle*. Vê? Essa mão tremendo, que mal segura um copo... Ele não precisava disso — dá um gole, que atravessa a pele enrugada do pescoço numa onda que demora a quebrar. — Não precisava.

Verônica olha para mim com aqueles olhos verdes e imóveis com os quais tenta chorar, sem sucesso. Lá fora, anoitece — não percebemos. Dona Giulietta subitamente muda a expressão nos olhos, estala o pescoço e liga a TV:

— O que será que está passando agora?

Afastado de nós por um longo corredor, onde a

voz da velha e o som da televisão são apenas ecos fantasmagóricos nas entranhas do enorme apartamento, meu amigo está deitado numa cama de viúva. À meia-luz, Johann, o mordomo seviciador, tira seus sapatos, afrouxa sua gravata, lhe serve água e chá de boldo. A consciência rudimentar e dormente de Tomás aceita tudo para depois voltar a dormir um sono de abismos e túneis subterrâneos:

O sonho de Tomás

O pai morto de Tomás entra pela sala de jantar e veste um roupão sobre um pijama quadriculado, é um senhor de noventa anos, ainda que guarde uma expressão infantil nos olhos. Tomás vê seus braços enrugados de poucos pêlos, dedos de caligrafia torta pendurados nas mãos — larvas gordas e brancas, cheirando a espuma de barbear. Calçando sandálias de tira, pisa num chão de folhas secas, ao que o pequeno Tomás abraça seu pai e mergulha dentro do roupão recém-aberto (como o de Mxyzptlk no restaurante do

Hotel, mas quem faz essas ilações sou eu, e não Tomás, que apenas sonha imagens de que jamais se lembrará), onde desaparece numa torrente de uivos, e agora pode perceber dois olhos presos aos mamilos do homem que tem à frente, ralos abertos e esbugalhados, e uma boca dentada na barriga que o pai, num rápido esgar, usa para engolir Tomás, fazendo-o desaparecer dentro de si, e Tomás agora, ele mesmo um velho, pensa em se atirar pelo basculante do quarto de empregada do seu apartamento na Cidade Velha, de onde pode enxergar um céu de postes retorcidos (é o primeiro andar), mas desiste sabiamente, e parte para cortar os pulsos no sofá, comendo castanhas e bebendo bourbon, e quando o corte transversal começa a sangrar, da sua pele aberta brotam rosas vermelhas, e ao focar o olhar nas pétalas, Tomás entende que estão carcomidas por larvas brancas, cujo movimento é igual ao dos dedos do pai por baixo do roupão, em cada mão, cinco larvas grossas...

Enquanto tudo isso, num surto sensual de paixão, Johann, o mordomo seviciador, abre o zíper da calça do desfalecido visitado por Morfeu e, após delicados movimentos com a mão direita, abocanha a pele e o músculo reto de Tomás Anselmo, que ganha o mimo pela segunda vez no dia.

Desconfiadíssimo sobre descrições de sonhos em livro, abro a porta bruscamente! Johann, o mordomo seviciador, levanta a cabeça e tenta fechar a calça de Tomás.

— Não precisa parar o que está fazendo. Só tenha certeza de que ele não vai acordar. *De jeito nenhum.*

O homem me olha atônito. Eu mando que continue, e é o que faz, depois de breve hesitação. Sento, cravo os cotovelos num criado-mudo, assisto ao espetáculo e penso em acender um charuto e fumar ali mesmo, mas lembro que não fumo tabaco. Aperto os olhos e faço um "L" com o dedão e o indicador na frente do rosto, iniciando o estudo de um plano de câmera que nunca irá existir.

Depois de três minutos e um quarto, Johann, o mordomo seviciador, engole o que consegue, limpa Tomás com uma toalha e o veste.

— Vá até a sala e diga à mocinha que já estamos indo embora.

Johann, o mordomo seviciador, desaparece. Tento acordar Tomás, que, ainda perdido na longa travessia entre as trevas e o mundo do lado de fora das suas pálpebras, repete, entre grunhidos, o nome da doce Maria.

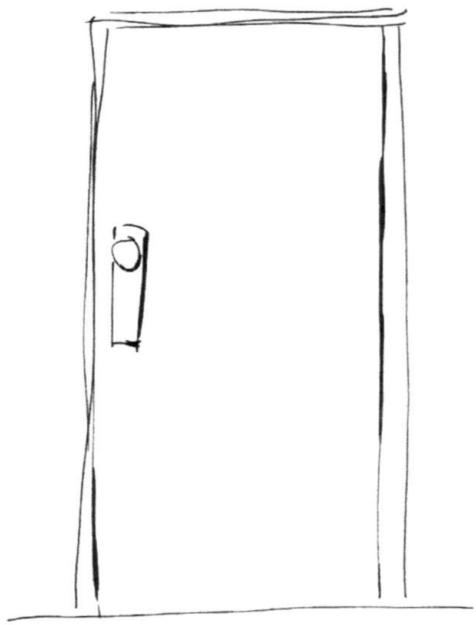

— TINHA QUE TER UMA ESCATOLOGIA, NÃO É? DE DIA MASTROIANNI ESSE LIVRO NÃO TEM NADA. TÁ MAIS PRA DIA BEN GAZZARA! E ESSA DO SONHO FOI DUREZA! POR QUE VOCÊ NÃO SE CONTENTA EM SIMPLESMENTE CONTAR A HISTÓRIA?

— Mas eu não quero contar história nenhuma. Não há história pra contar...

— É POR ISSO QUE A LITERATURA BRASILEIRA NÃO TEM FUTURO.

— Futuro? Mal tenho um passado...

— TALVEZ SEJA A PERSONIFICAÇÃO DO AUTOR MAIS JOVEM. SEU ALTER-EGO! ALGUÉM QUE ELE GOSTARIA DE TER SIDO. QUANDO JOVEM! ELE E SEUS AMIGOS CÍNICOS E INÚTEIS QUE SE ACHAM GÊNIOS DA RAÇA... SUA BOÊMIA FLAMBOYANT *PERDIDA! VÊ-SE QUE SÃO UNS FRUSTRADOS! E NÃO DESPERTAM PENA EM NINGUÉM. QUEM GOSTARÁ DELES?*

— Acho que já sei o que acontece!

— ENTÃO NOS ILUMINE, JOVEM MANDIOCA.

— Estou morto. E isso é uma espécie de julgamento!

— *VOCÊ SE ENGANA. ESQUECE QUE TUDO É TEATRO. NÃO É ASSIM QUE VOCÊ GOSTA DE FALAR, PEDRO CASSAVAS?*

— *Vocês me confundem com outro.*

— *VOCÊ E SUAS FRASES FEITAS, BRAVATAS DE BÊBADO!*

— *Quando poderei sair daqui, afinal?*

— *QUANDO O SENHOR QUISER, MEU CARO. É SÓ ABRIR A PORTA.*

— *Mas não vejo nenhuma porta.*

— *INVENTE-A.*

21:44

Do lado de fora é a noite.

Entre nós três, com os ombros grudados no banco de trás, e o *chauffeur* de Madame Giulietta que nos conduz com luvas brancas num guidão de couro, há o vidro fumê que nos tira a visão das ruas molhadas. Viajamos em silêncio no bólido escuro até que:

— Afinal, você não vai chamar Maria?

Eu e Tomás apontamos os narizes para Verônica ao mesmo tempo, numa invisível corrida de galgos.

— Ela sabe aonde vamos agora. Porque sempre pensamos a mesma coisa, e ao mesmo tempo! — digo, a provocar forças irreconciliáveis dentro dos ásperos peitinhos de Verônica.

A mão pequena abandona minha coxa. Tomás abre o vidro num estampido de ar que revolve nossos cabelos e lapelas. Ainda trêmulo, toma vento no focinho, bota a língua pra fora da janela. O carro sacoleja sobre um viaduto, náufrago num oceano de janelas que se sucedem como fotogramas de um rolo impossível. E também ondas de chapéus, bicicletas, alvos guarda-chuvas! Descemos no bairro japonês, onde multidões deslocam-se até os subterrâneos das galerias do metrô. Trens de superfície nos ultrapassam lotados. Alguns automóveis, como o nosso, fazem o movimento contrário: despejam tipos obscuros até esfumaçados bares de *sushi*, pequenos becos, pensões baratas e *dancings* suspeitos com arranjos de néon piscando sobre as fachadas.

No nosso destino, duas largas portas acolchoadas abrem caminho para um rápido e iluminado corredor de espelhos. Depois de ultrapassado o segundo pórtico, ganhamos o salão de paredes aveludadas. Numa perspectiva trêmula, por trás do vidro do aquário, peixes bochechudos observam a nossa chegada enquanto soltam bolhas e nadam ao redor de si mesmos. Ao lado do aquário, há máquinas barulhentas sorteando números e imagens. Do teto pendem bolas coloridas, globos espelhados e uma infinidade de luzes intermitentes. Alguém canta num microfone prateado, e a voz nos chega metálica, reverberando pela sala.

Os peixes já nos esqueceram.

Sentamos num sofá ao longo da parede direita, na frente de uma mesa baixa. Do outro lado, está o *sushi bar* e o dourado das garrafas de uísque nas paredes.

No limite de tudo, há um equipado palco destinado à prática e exibição da milenar arte do karaokê.

Ao som de uma melodia chorosa em língua oriental, pedimos saquê e carne crua, que comemos com palitos de madeira e sem modos.

— Se você não telefonar pra Maria agora, ligo eu. Ali atrás há um locutório! — Verônica ferve por baixo das calcinhas.

— Não precisa, *ma chèrie*. Depois vai falar que não avisei.

Beijo a menina, que se desvencilha de mim e vira o copo quadrado na boca carnuda, escorrendo saquê pelo queixinho.

— Pedro Cassavas, estou me sentindo muito melhor! — Tomás segue ignorando a bela.

— Também, pudera, Tomás Anselmo. Você dormiu na casa da velhota. Só faltou ter cagado por lá.

— Por que vocês dois ficam se chamando pelo nome inteiro? Parece coisa de viado.

Eu e Tomás levantamos a gola dos nossos ternos, envolvemos a ninfa com nossos braços e hálitos misturados. E, sem aviso, cantamos em ritmo de mambo:

— *"Io faccio samba e amore fino a tardi"*

— *"E di mattina non mi sveglio mai"*

— *"Già sento i primi camion nella strada"*

— *"Che arde"*

— *"In un eterno viavai..."*

Ao que Verônica acaba me acusando (com toda a justiça) de boliná-la:

— Calem a boca! Detesto vocês, que nunca deram ou darão nada real pro mundo. Ainda assim se comportam como se fossem o máximo dentro dessa espelunca! Seus doentes.

— Não sei sobre Anselminho, mas meu problema é que não consigo me interessar por nada que não seja eu mesmo. É uma desgraça isso, minha bela...

— E só diz absurdos! Como pode viver assim, sem distinguir o verdadeiro do falso? Será que pra você é tudo igual? — replica em tom menor, com narinas dilatadas e pausas dramáticas. — Vou contar tudo a Maria!

É exatamente quando as paredes do salão avermelhado estremecem, as luzes piscam aceleradas, os olhos dos peixes saltam para fora das órbitas cinzas, as máquinas de azar cospem moedas, as câmaras de vigilância convergem seus focos, os espelhos nas paredes se contorcem num arranjo convexo, e o chão desenrola tapetes de cânhamo abrindo caminho para os dedos dos pés de Maria, dentro das meias algo úmidas de Maria, acomodadas nas sapatilhas de balé de Maria, que suportam o peso das pernas de Maria, cobertas por fina penugem de Maria, que desembocam numa junção de carnes doces e pêlos rarefeitos de Maria, que sobem discretamente num fio até o hospitaleiro umbigo de Maria, que abre passagem, após dois palmos de pele, aos dois focinhos de coelhinhos de Maria, que, após leve, mas decisiva inclinação, se encontram com o pescoço e os ombros pintados de Maria, e a boca pequena, quase sem lábios de Maria, e os olhos íngremes, quase fechados de Maria, e os cabelos presos num coque que Maria solta junto com uma coleção de abismos e desafinadas canções de perda, assim que se inclina para a nossa mesa, sob o olhar incrédulo de Verônica e Tomás.

— Meu amor — beijo-a.

Tomás e a doce Maria se enxergam sem jeito, e cumprimentam-se com um curto movimento de pescoço. Anselmo treme: uma cara e um corpo não querem dizer nada. O olhar dela é o segredo. "Meigo, suave, totalmente assassino!" Ele pensa: "estou morto", "vou falar tudo!", e ainda, "quero o bem para ela, e para todos os seus entes queridos...", e aí lembra de mim e resolve aquietar-se.

O garçom traz o quarto copo, onde sirvo nossa Rainha Mitológica. Brindamos:

— Fé no veneno!

— Fé no veneno!

— Tomás, o que você acha? Devemos oferecer a morte dos outros pela nossa liberdade ou abrir mão da nossa liberdade pela vida dos outros?

A chinesa canta no videokê. Justifica sua existência ("só um pouquinho?") em cantonês. Ouço a música de longe, gelado, sentado numa cadeira de gelo, num castelo de gelo. A doce e seráfica Maria acende um cigarro, inspira a fumaça para dentro do corpo, dos pés aos pêlos dos braços, e depois exala um pouco dela com uma nuvem cinza escura — e fico sem saber o quanto do cinza pertencia a ela ou ao cigarro quando responde minha pergunta:

— Houve um tempo em que eu aceitava esse tipo de jogo. Hoje em dia, me parece uma perda de tempo.

— Vê? — dou um peteleco na orelha esquerda de Verônica.

— Acho que preciso vomitar. Vocês não têm piedade, meu deus?

— Você sabia que quando eu e Tomás éramos crianças nos ensinaram a rezar no colégio? Crescemos rodeados por freiras que flutuavam (não tinham pés!) e professores de religião beiçudos. Uma infância fantasmagórica, de sinistros catecismos!

— E a gente tinha que se confessar.

— O padre, um ex-morador de cortiços, sempre perguntava...

— Se havíamos conversado assuntos com os amiguinhos.

— Pedro era craque nisso, aliás.

— E rezávamos, muitíssimo: "Padre nosso lá do céu, convoco convosco, benditas sejam as mulheres, o ventre do vosso ventre, saiu o fruto de Jesus, não deixeis cair o calção, assim na terra como no céu..."

— "Seja feita a nossa vontade, até a hora de nossa morte, amém!"

— O mais assustador da história é que, depois de decorado o Pai-nosso, disseram que não precisávamos rezar em voz alta, que o todo-poderoso iria ouvir da mesma forma. Porque era apenas preciso fechar os olhos e pensar. Esse detalhe de não precisar falar ou sequer mexer os lábios para ser ouvido é crucial.

— Se vocês soubessem quantas vezes tive que ouvir essa história...

— Cala a boca, Anselminho! Como dizia, foi aí que me tornei um neurótico, com apenas seis anos de idade. Porque sempre tive pensamentos terríveis, todo o tempo. Mas, depois do dia em que me disseram que tudo o que pensava poderia ser escutado por deus... Preferi deixar de acreditar nele. Porque, se acreditasse, saberia que estava condenado ao inferno!

Gargalhamos com dentes arregaçados. Maria, minha santinha piedosa, abre os dedos pelo meu pobre cocuruto. Verônica leva a mão à boca e solta um arroto abafado.

— Vou com você ao banheiro — a doce Maria levanta e dá apoio à enjoada que arrasta correntes de chumbo pelas canelas.

Eu e Tomás nos vemos sós. Já sou o resto de qualquer coisa que desconheço.

— Você alguma vez já conheceu o peso da história? Uma guerra, a peste, o sabor da calamidade? Eu sinto, meu caro amigo, a iminência de algo! Como disse Madame Giulietta hoje à tarde. Bem aqui, nesse karaokê ridículo. Algo que encerre essa versão em pedaços da grande tragédia, o interregno entre a dormência dos sentidos e a destruição de nós mesmos! Ah, ouça!, meu amigo, a pausa silenciosa antes do ataque! Antes da catástrofe que nos libertará desse presente eterno! — e rio, idiota, alucinado e cheio de exclamações.

— Quanta besteira. Vou pedir uma ficha pra cantar.

— E eu outra garrafa de saquê.

— Você tem dinheiro, Pedro?

— Trinta e três mil. Por quê?

— O meu acabou.

O tempo eviscerado: sempre que estou num lugar lotado, vejo as entranhas dos animais em volta! É como se estivesse num açougue.

— E o que quer além do meu dinheiro? Minha mulher?

Que ordinários! Tomás se levanta. Ele pensa "inútil", "mau-caráter", "onde estará a doce Maria?". Mas nada diz.

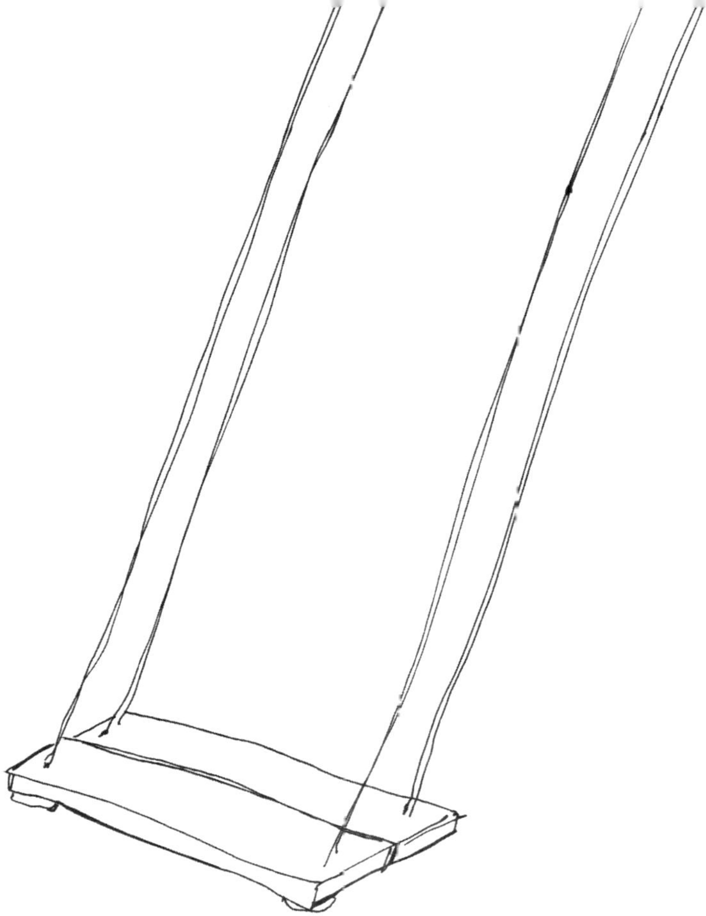

— É que não consigo inventar essa porta que vocês dizem.

— PEDIMOS QUE, POR FAVOR, VOCÊ SE CALE. ESSA É A SAÍDA. NADA É PERFEIÇÃO! EDUQUE-SE.

— Essa corte me diz então que a porta é o silêncio?

— "ESSA CORTE", VEJA O SARCASMO DELE... SE CONTINUAR ASSIM, FECHAREMOS ESSE LIVRO. AS CORRENTES... E DAQUI A QUEDA É LONGA...

— Parem com isso! O que fazem com o balanço?

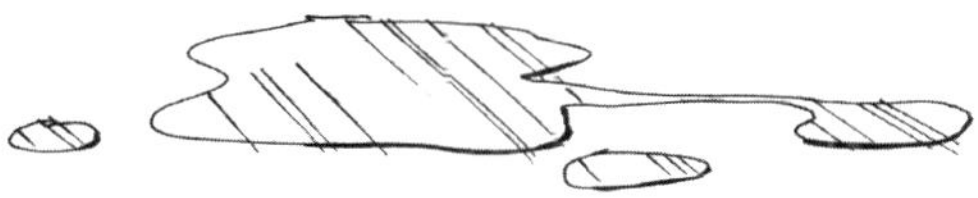

23:13

Numa câmara de azulejos brancos e lâmpadas frias, a doce Maria tenta segurar a nuca de Verônica, antes que a ninfa vomite na pia, sente no chão e bata com os dentes na sacada.

— Meu sangue... — tenta segurar a gengiva transbordante com os dedos pintados: — É tão bonito.

E choraminga:

— Por que você me ajuda? Estive com Pedro, hoje cedo!

— Não ligo. Você é uma boa menina — e beija com a língua delicada Verônica nos lábios.

— Não entendo vocês dois!

— Que há para entender? Pedro é um imaturo adorável, vive como um sonâmbulo. Somos duas boas crianças.

— Mas vocês não conversam sobre isso?

— Não falamos sobre quase nada! O silêncio, Verônica, é o segredo. Seria uma monstruosidade falar tudo. E tampouco penso ou escrevo sobre o que acontece, como vocês costumam fazer... Para quê? — diz, sorrindo, a dulcérrima Maria. — Posso tirar uma foto de nós duas?

Quando as duas beldades voltam da assembléia de fadas no banheiro com sangue nos lábios, Tomás está no palco. Com timbre de *crooner* asmático, entoa a balada cínica da ocasião empunhando o microfone de prata. A letra é projetada nos telões sobre um fundo de fotografias estáticas: cozinhas americanas, arranha-céus asiáticos, castelos austríacos, a Torre de Pisa, mulheres da distante e exótica sul-américa erguendo exíguos biquínis sobre a pele acobreada.

Eu quero o conceito perfeito,
o mundo cor-de-rosa num sonho infantil,
a pura ignorância pequeno burguesa,
eu quero o olhar perdido de um cão

Eu quero o slogan perfeito maior,
farta mesa da família nórdica,
breakfast, fastfood, junkfood,
eu quero uma vida feliz e rasteira

Eu quero o timing perfeito,
a fórmula do seu sucesso,
jogo de cintura, espirituosidade
eu quero ser um alfa-beta

Eu quero o clímax perfeito,
o traveling final, majestoso,
o diálogo perspicaz, elegante,
eu quero o charme ambíguo do galã.

Eu quero sexo perfeito,
sem lençóis sujos ou movimentos bruscos,
inodoro, depilado, com as luzes acesas,
eu quero amor enlatado

Eu quero o conceito perfeito...

A doce Maria batuca com os *hashis* na mesa:

— Mas que idiotice, essa música!

A multidão dança revezando-se em pares. Antes do fim, convoco Maria ao baile: enlaço seu corpo num passo desastrado enquanto todos do lado de fora de nós dois desbotam, perdidos noutro fuso. Em nossos gestos, há peso de renúncia. Mas nossa coleção de sacrifícios é falsa: queremos tudo! E sem abrir mão de nenhum centímetro sob os pés, disputamos o ar esfumaçado, espreguiçando nossos tentáculos um sobre o outro, riscando com os pés o traço de bem guardadas fronteiras entre países desconhecidos. Eu, perdido num cabaré da Europa Oriental. A doce Maria, escondida num beco em Damasco!, vestindo um véu nos ombros sob o olhar de Tomás no palco, a marcação de um surdo desafinado: o fim do terceiro refrão.

Até cairmos.

Porque do passo de dança, eu e a doce Maria sempre iremos fazer a queda.

Finda a canção, o público aplaude Tomás Anselmo ruidosamente. Um grupo na mesa ao lado solta uivos agudos. Todos estão histéricos, hienas epilépticas rindo e se esfregando, arremessando perdigotos uns nos outros. No meio da chuva de confetes e rubros sinalizadores, Maria se descola de mim e perde os olhos num espelho onde termina a dança, tão livre que é quase transparente — e aí fazem sentido os boatos de que a doce Maria não existe, e que é outra ou várias.

— A verdade da minha vida, meus dois amores, é que não tenho nada — digo, e bebo agora pelo gargalo, depois de chupar uma pitada de sal na mão esquerda. — E não sei de nada, não conheço nada. Eu só adivinho! Sou um adivinhador!

— Quando ele fica assim, não quer saber de comer, trocar de roupa ou, ainda, fingir que é um ser humano. É só uma boca que bebe.

— Escolhi o nada!

— Mas ele é tão *inteligente*, Maria. Por que age feito um idiota?

— Sou único! Antepassado de mim mesmo! E, ao mesmo tempo, nunca disse nada que não houvesse sido dito antes...

As duas conversam como se eu não estivesse ali, ou, ainda!, como se fossem tias, madrinhas, mães, cunhadas, irmãs e sogras, todas essas mulheres desgraçadamente inacessíveis para o sexo com as quais temos que lidar enquanto vivemos.

— O engraçado, Maria, é que depois que um homem me seduz, e ele fez isso em poucas horas, é comum passar do arrebatamento ao nojo profundo. Mas nunca tinha sido tão rápido!

Penso em reagir macholamente e enfiar a língua à força em Verônica ali mesmo, mas antes que possa levantar o pescoço, desmaio golfando uma pasta escura pela boca aberta sobre a mesa.

Escurece: uma muralha chinesa se ergue entre as trevas e o mundo do lado de fora das minhas pálpebras. Nuvens, trêmulas lanternas flutuando nas águas de becos escuros, um pano de boca escarlate. Túneis de pedra, a eminência da morte. Um tiro. Turbulência. O ataque de *cellos* morro abaixo. Falsos pretéritos. Pés dormentes, livres de peso em saltos mortais. A urgência de cada imagem: o tempo contado entre romanescas colunas. Formigas escalando meus braços. A pornográfica imagem de um morto decomposto lavrando assinaturas. O sentido da queda. Amputado na beira de graciosos abismos. O sorriso insuportável da doce Maria misturada ao corpo de outros homens. A sonda de Mxyzptlk! O subsolo sem Virgílio ou Caronte. Espelhos em oposição, o crepuscular zumbido de vozes desconhecidas. Um excesso de terra sob as unhas. Ventos sorumbáticos, canções indecentes, adjetivos em excesso.

E uma pausa.

O ponto de inflexão é esse.

— FINALMENTE NOS ENCONTRAMOS, SENHOR CASSAVAS!

O que você está fazendo aqui?

— APROVEITEI QUE VOCÊ DORMIU PARA TOMAR O CONTROLE.

Agora posso vê-lo.

— O SENHOR BEBE DEMAIS...

E não gosto do que vejo!

— ADMITA QUE É O AUTOR DESTA HISTÓRIA!

Quem dera poder escrever a minha vida.

Você acha que eu estaria nesse lugar, e com essas pessoas?

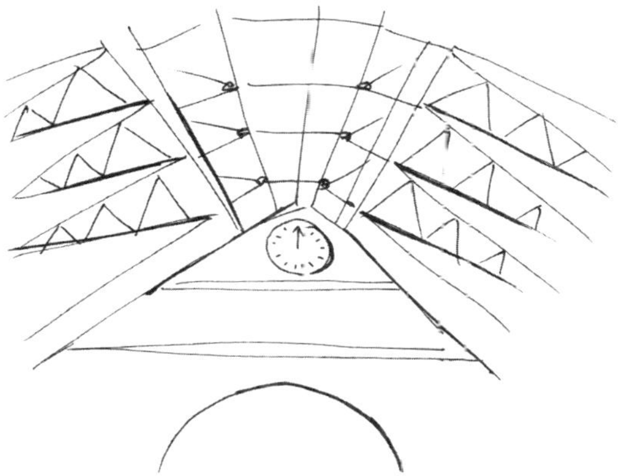

00:00

Pedro Cassavas acorda noutro subsolo. O lugar se desenha aos poucos nos seus olhos: vetores de luz branca flutuam no caixote de fumaça, reflexos de uma gigantesca bola de espelhos que gira sobre a pista. Círculos coloridos movem-se pelas paredes, seguindo o ritmo errático de uma canção desconhecida. No teto há também luzes fluorescentes, que iluminam o branco dos dentes e a caspa nos ombros da discreta multidão. Todos mobilizam seus braços e pernas numa tímida tentativa de acompanhar os graves melancólicos arremessados pelas caixas de som.

Nosso herói percebe que está largado num sofá. Ao seu lado, uma *lulu brooks* encara, com ares filosóficos, uma poça de vômito.

Organizam-se os iniciados em pequenas rodas de dança-sem-dança, movendo os canudos dos drinques, com os olhos quase fechados e as sobrancelhas arqueadas. Alguns encaram os pés, outros dançam com as paredes. Filmam-se, divas *blasées* fazendo gênero indiferente. Ainda assim, há excentricidades. Num canto, um homem chora baixinho, rastros de maquiagem escorrendo pelas bochechas brancas. Ao seu lado, um casal andrógeno se beija em exibição, como se um deles estivesse partindo para a Guerra da Coréia.

Todos aqui se conhecem, nem que seja pelas suas quitandas virtuais, o que dá ao salão um ar opressivo de festa fechada: este é um ambiente de piadas internas e microcelebridades, apenas conhecidas por outras microcelebridades. Músicos incógnitos e seus futuros biógrafos, descolados gênios inéditos da raça.

A atriz de cinema mudo resolve enxergar Pedro:

— Sua namorada está se divertindo sem você.

Cassavas volta suas atenções para a pista, buscando a doce Maria. Ali, os poucos eleitos que sabem cantar a letra da canção desconhecida levantam as nucas como pavões obscuros e empertigados: além das letras dubladas em altos brados, viradas de bateria e solos de guitarra são reproduzidos mimeticamente pela *intelligentsia* local em instrumentos imaginários, construídos por gestos no ar num ensaiado ritual palaciano. Destacam-se dos outros os espécimes que melhor conhecem o enigmático repertório selecionado de acordo com os humores do discotecário, essa idiossincrática *persona* do entremilênios.

Os especialistas ganham a atenção da neurastênica trupe de fêmeas locais (nucas a mostra, blusas listradas, botas de vinil, ideogramas tatuados) e a inveja dos colegas menos sintonizados com a cena de outras cortes subterrâneas como esta ao redor do planeta.

Pedro Cassavas, que certa vez foi um desses cretinos, levanta com dificuldade e percebe que, no canto oposto da sala, dançam Tomás, Verônica e a doce Maria. Tomás Anselmo beija uma, depois outra, elas se beijam, e assim em diante, até que os três ganhem o mesmo hálito. (Mais tarde, numa variação íntima do jogo, Verônica irá beijar a doce Maria com a boca cheia da porra de Tomás, mas isso Cassavas jamais saberá.)

— Viu? Por que você não se diverte um pouco comigo?

Nosso herói deixa a pequena infernal no sofá, caminha por um corredor de neblina e chega ao bar, onde pergunta as horas. É meia-noite, dizem, ainda cedo, a noite apenas começa: do lado de fora uma fila de centenas de homens e mulheres sem rosto serpenteia pelas úmidas calçadas. Sob a luz de uma estação elétrica, conversam sobre banalidades: livros que nunca leram e lembranças inventadas. Distraem-se dos pensamentos feios com os traseiros apoiados nas portas dos chevrolets, dos ford falcons, dos rabos-de-peixe. Vez ou outra, desviam a cabeça de uma traçante bala de fuzil.

Um setor da fila é ocupado inteiramente por *taxi-girls* sem calcinha, outro por adolescentes vestindo camisetas puídas de bandas de rock, outro por marinheiros sapateadores, outro por pretensos críticos de cinema e seus curta-metragistas de estimação, outro por japoneses embrutecidos pelo álcool, outro por milicos aposentados de sunga com bolas de vôlei debaixo do braço, outro por vendedores de cerveja em uníssono, outro por palhaços bêbados de ópio, outro por ensaístas diletantes e seus apologistas, outro por comendadores de cavanhaque e sobretudo, outro por indisputados *bloggeurs* fumando piteiras de marfim, e assim em diante. Há ainda um show de mulatas, uma fanfarra de trombones, dançarinos de tango e uma banda marcial conduzida por uma líder de torcida de pernas muito, muito brancas.

Pedro Cassavas anda pelo sentido contrário da fila, em glissando, sem olhar para trás, treplicar nas conversas, cantarolar os refrões ou dar tchauzinho aos *flirts* e cromos repetidos que o conhecem.

Um carro amarelo o aguarda na esquina:

— Dirija.

— Para onde?

— Não importa. É só sair dirigindo. Não quero saber.

— O amigo tem dinheiro?

— Não sou seu amigo. E, sim, tenho dinheiro.

— O que aconteceu?

— Eu só quero ficar sozinho.

— Um táxi não é o melhor lugar para isso.

— Pago o dobro se o *amigo* calar a boca.

O carro segue em linha reta por trinta páginas em branco, ou vinte e sete minutos de silêncio, a depender do seu ritmo de leitura.

— Amigo, se eu seguir a partir daqui, a gente sai da cidade.

— Então pode parar. Fico aqui.

— Mas estamos no meio do nada! É perigoso... Para o amigo.

Pedro Cassavas ignora os apelos do amigo-motorista e abandona-se numa estrada periférica. Ao redor da lua cheia, vê um halo nublado e branco, o raio de um holofote cuja luz ultrapassa as nuvens em movimento, perseguindo-o no pátio invernal de um presídio invisível.

Os poucos carros que passam zunem numa branca explosão, para depois serem imediatamente tragados pela reta escura. Sobram, por poucos segundos, um par de olhos vermelhos a espiar Pedro de longe. Ao longo da rota, há pedras empilhadas, vergalhões abandonados sobre lamaçais, cheiro de borracha queimada, postos de gasolina vazios, árvores arrependidas e estranhos pensamentos: "preciso provocar um incêndio agora", "experimentar o conforto da morte" e "onde posso pedir um *dry martini*"?

Do escuro, surgem sete cachorros, de diferentes raças e tamanhos, que fazem festa e cheiram uns os rabos dos outros numa troca circular, conduzindo Pedro até uma transversal da estrada. Ouve-se um apito e os cães param em posição de sentido. Quase roçando seus focinhos, um trem de passageiros passa em alta velocidade, deixando um rastro de ausência atrás do último vagão. Pedro Cassavas sente-se um relógio adiantado, pressentindo sob as unhas algo imprescindível e eternamente adiado. Enquanto não descobre o que é, segue a linha de trem, na direção contrária do bólido que acaba de passar. Os cães apontam para uma ruela de arbustos onde, ao fundo, pode-se enxergar uma luz azul.

À medida que se aproxima da luz, ouve o som de uma única nota grave reverberando pelo chão numa cadência militar. Guiado pelos cães, percebe que o som e a luz vêm do jardim do que seria uma suntuosa mansão no topo de uma colina, onde indefinida multidão vestida de preto desfila entre colunas de mármore. Assim que Pedro ultrapassa a cerca viva, entrando no gramado da piscina, é cercado por uma tropa ameaçadoramente simpática de engravatados seguranças empunhando *walkie-talkies*.

— O senhor é convidado?

— Sim, claro. Por quem os senhores me tomam? — responde Pedro Cassavas, ajeitando o colarinho e fechando um botão do terno. — Estava ali... Bem, não incomodem a grinfa quando ela voltar. Com a licença das madames!

E segue, sob o olhar vago dos vigilantes, já surrupiando uma taça de champanhe da bandeja de uma garçonete de biquíni. Desvia suas orelhas dos gracejos espirituosos de engraçadinhos recém-conhecidos até chegar ao portal da casa, onde ouve de um grupo de meninas de maiô, meia-calça, salto alto, gravata borboleta e orelhas de coelho, a iniciática sentença:

— *Benvenuto al paradiso*!

Depois dessas doces palavras, Cassavas entra eufórico na casa, transformada em labirinto de paredes negras e tubos coloridos de néon. Tateia o caminho esbarrando em senhores mascarados até chegar à cúpula de plástico no outro lado do jardim. Sob o teto, sofás infláveis, arcos com monitores digitais, canhões de luzes cinéticas e antigas capas da revista em painéis laterais. No centro do cenário *kitschfuturístico*, um discotecário reina sozinho no topo de um cone prateado.

Com o cotovelo e o ego apoiados no mármore de um bar, Pedro vê a chegada de mulheres de todos os tipos e tamanhos, cabelos passados a ferro e calças vestidas a vácuo, uma proliferação de beldades acompanhadas por hordas de jovens executivos sobre sapatos recém-engraxados, em torno de celebridades de terceiro escalão cujos nomes não lhe vêm à cabeça. A festa é uma troca interminável de olhares sobre os ombros, movimentos calculados, eternas filas para o banheiro, o bambolear de garçonetes e suas bandejas de comida tailandesa. Intocadas garrafas de malte escocês.

Há um burburinho nos corredores do labirinto escuro. Enquanto onipresentes guarda-costas formam um círculo humano ao redor da garota da capa, repórteres urram, tropeçam em cabos, largam o dedo em metralhadoras de flashes. O infeliz batalhão pune-se com os cotovelos, carregando microfones, refletores de luz e uma intriga de cabos. Pisam-se nos pés. A capa da revista fica pequena no meio da confusão, uma criança esquecida na própria festa de aniversário.

Acomodada num sofá de couro branco, a edição do mês continua sob o escrutínio geral. Perguntas e óbvias respostas são trocadas, pernas são descruzadas e cruzadas novamente, até o fim. Após rápida troca de olhares, nosso herói caminha até o *paddock* privê criado ao redor da égua premiada, uma morena esguia e oblíqua.

— Posso falar com ela?

Assessores e seguranças fecham caminho num encolher de ombros.

— Deixem ele entrar! — diz a *playmate* num tubinho preto.

Duas gravatas abrem espaço. Pedro Cassavas cochicha uma frase decisiva no ouvido da mulher que sorri, lhe entregando a mão direita contra um beijo estalado.

— Qual é mesmo seu nome?

— Cassavas. Pedro Cassavas.

— Sim, claro. Eu *conheço* você — diz, helênica, e bica uma xícara de chá verde, daqueles que queimam as toxinas do organismo.

Seguindo o pedido da *bela*, os dois são rapidamente transportados por um *entourage* de brutamontes até uma vitoriana sala de jantar no segundo piso do palacete. Segue anódino diálogo, do tipo que se tem sob a luz de candelabros com modelos húngaras, fazendo tipo muito sensível:

— Ah, Pedro, que cansaço. Esse mundo que não me deixa sonhar!

— O mundo nada tem a ver com os seus sonhos, querida.

— Mas eu só vejo tragédia e destruição... — tom dramático, outro gole no laxativo.

— Mas você é lindíssima. Nunca se olha no espelho? E a revista? — Pedro busca com os dedos nervosos um exemplar no topo da pilha.

— Só consigo enxergar as coisas boas como a ausência do que há de horrível.

— Você não deveria falar essas coisas. Sua vida é...

A *starlet*, uma ex-jogadora de vôlei da República Tcheca, bloqueia Cassavas no meio da frase:

— E nem tente me deixar culpada pela minha sorte de ter isso ou aquilo. Estou de saco cheio de sentir remorso pelo que tenho. Foda-se!

Os seguranças voltam-se nervosos para a mesa.

— Calma, rapazes. Tudo está bem.

A *playmate* carrega na fronte a expressão de quem está prestes a chorar, mas subitamente interrompe seus silêncios de catedral com risadas agudas. Pedro, um paciente huno vestindo cuecas de seda, segue cavoucando a lama:

— Talvez a *bela* devesse perder alguma coisa.

— Pior do que perder tudo é viver assim, esperando por alguma coisa que não sei o que é. E essa revista é um lixo! Você vê, nem meus pentelhos eles souberam alinhar direito.

Nesse momento, a capa da revista solta um discreto traque, talvez efeito do chá, mas Pedro Cassavas tem as narinas treinadas para este tipo de contingência.

— Talvez você esteja precisando de uma tragédia real!

— Ou de um soco no nariz, *mon coeur*.

— Ou isso. Eu me candidato!

— Ah, Pedrinho! Você é tão especial. Garçom! Bem, então vou querer uma *Rémoulade de Coquilles St. Jacques*... E como sobremesa um *Ravioli au chocolat araguani*. Para nós dois, por favor. E mais uma garrafa de vinho, sim?

Depois do jantar, um assessor usando um rádio transmissor enfiado na orelha deposita em silêncio um balde ao lado da mesa, onde o monumento de mármore vomita a comida. Pedro, pensando em sexo anal, ajuda a limpar os beicinhos da *bela*. Beijam-se na boca. Nosso herói, percorrendo o interior das bochechas da beldade a pescar pedaços de peixe recém-regurgitados, percebe que a capa da revista não sabe beijar direito: "mulher não pode ter língua fina demais!"

Quando saem da festa, caminhando de braços dados pelos círculos inferiores sob o zelo de invejosos, os seguranças de terno mosqueiam cabisbaixos pelos salões vazios. Pedro pede licença para aliviar-se no banheiro, onde é cercado por uma dúzia de jornalistas, editores e suas respectivas barrigas:

— Mas o que diabos você falou no ouvido dela? Qual o seu nome?

Cassavas mija em silêncio e, quando está próximo a terminar sua caipirinha nos limões com gelo do mictório, vira-se, ainda com a barriguilha aberta:

— Segredo profissional, negrada! — e termina a mijada nos pés dos coleguinhas.

Na limusine, outra garrafa de champanhe, uma mão entre coxas suadas, grunhidos agudos e mais traques fedorentos da *femme fatale*: Cassavas sente uma inveja palpável de si mesmo — em forma de ereção.

E os dois sobem o elevador de um hotel em formato de melancia, entram no quarto em formato de cabina de navio, deitam na cama em formato de número 8 e despem-se sob os lençóis de algodão de trezentos mil fios, costurados por crianças escravizadas em aldeias subsaarianas. E que belo par de pezinhos tem a *bela*! Nas paredes, emolduradas cabeças de cavalo pintadas de branco encaram uma lâmpada suspensa de lava. Pedro coloca um disco na vitrola, liga com um estalar de dedos o pentafônico som ambiente, começa a cantar uma música qualquer do Tony Bennett e pensa, profundo: "Ah, a pó-pós-modernidade!"

Para Cassavas, notório é o fato de que, para ter prazer no intercurso, as moças precisam esquecer por completo a presença do homem com quem se deitam. É o que acontece com a capa da revista que passa do ponto e adormece imediatamente.

Tímido em levantar o lençol e conferir o escultural corpo da mulher que já ronrona, Pedro Cassavas pega um exemplar da revista na mesa de cabeceira em formato de disco voador. Folheia-o e vê nas fotos a nudez retocada do corpo que dorme ao lado. Abraça a mão desacordada da *bela* com a sua e a traz para si, envolvendo-a no seu membro em riste, no que rapidamente fracassa, condenando suas bolas inchadas a pungente sofrimento após outra irresistível seqüência de úmidos e sonados peidinhos da modelo da L'Oréal.

No átrio do hotel, nosso herói distribui autógrafos aos *concièrges*.

Sai pela rua chutando pedregulhos, sentindo ásperas saudades da doce Maria e de sua pele estrelada de pintinhas, altura dessas arreganhada contra os ossos rudes de Tomás Anselmo. Não haveria ciúmes, mas nostalgia dos seus modos e silêncios imprevisíveis, longos choros matinais, infantil fixação por *vodka* com abacaxi e fantasias de carnaval — seria capaz de andar vestida de Branca de Neve o ano inteiro. “Loucas todas as mulheres são, mas a loucura da doce Maria é completamente diferente das outras”, diriam os vagos pensamentos de Pedro Cassavas, nosso incipiente galã a caminhar com a gravata amarrada na testa, segurando o terno por trás do ombro com o dedo mínimo da mão direita, tocando um trompete imaginário com a esquerda, improvisando ébrios passos de dança pelas pedras portuguesas do Bairro Britânico.

É madrugada: estrelas orbitam sem pressa, poetas condensam-se dentro de nimbos disformes. A lua arde, uiva, grunhe e gargareja para uma multidão silenciosa, flutuando sobre os subúrbios adormecidos.

Pedro Cassavas é um trem noturno, vigiado por algumas janelas acesas no topo dos prédios, passando pelas confeitarias ainda abertas na esperança de reencontrar qualquer um. Boêmios comem sopa de aspargos, homens travestidos vendem pílulas sintéticas em escadarias de mármore, mendigos acampam sob arcos medievais, ratos e baratas inauguram bueiros na porta de igrejas ortodoxas. Longe, carros freiam, alguém quebra uma janela. Há um grito abafado de mulher.

É só um jogo, diz consigo Cassavas, gasto, muito grave, perdido numa mixórdia de tempos, sentindo saudades do que nunca aconteceu (as fotos que a doce Maria não chegará a tirar com a sua *rolleyflex*!), imerso num passadismo instantâneo de eterna despedida: nada mais seria igual depois daquela noite. "Mas o que tenho? Tenho realmente alguma coisa para perder?" — É o que filosofaria, em suas peripatéticas reflexões, Pedro Cassavas.

Nosso desatinado líder, ao virar uma esquina na altura da Ponte das Artes, percebe que, numa das vitrinas do Baixo Gália, bebem café galês e fumam *gauloises* a doce Maria, o ingênuo Tomás, a Verônica mimada. Ao redor deles, gente de sangue ruim: atrizes, literatos, esfoladores de animais, atrozes jornalistas, cineastas, "os queimadores de erva mais ineptos do seu tempo!" Tudo ali é estéril, vagabundo e cheira mal. Pensaria Cassavas, sentindo-se uma sombra: "A manhã desse dia parece um sonho distante: quantas coisas aconteceram... E ao mesmo tempo, nada aconteceu! Nada nunca acontece ou acontecerá, independente do que façamos no mundo."

E ainda, afetadíssimo:

"Não conheço mais ninguém, nem a mim mesmo."

Cansado, tem fome e sede: "Que desalento isso de ter um corpo e órgãos para alimentar! Seus horários de entrada e saída... Queria apenas ser uma sombra e nada mais!" E caminha, num quase desmunhecar, ampliando em cada passo o abismo entre seus calcanhares e a doce Maria e seus ex-conhecidos, o passado que se desprende dele como casca de ferida. Segue agora sem mais dança ou historinhas engraçadas para si mesmo. É o vazio, finalmente! O alívio do nada no estômago e n'alma.

É preciso comer.

Duas aeromoças e um tapete vermelho na calçada do outro lado do rio o atraem para um restaurante subterrâneo: o Snàporatz fica numa estação de trem desativada, onde os clientes se debruçam sobre louças xangalesas dentro de vagões de madeira construídos durante os últimos estertores do século XIX.

Quando Pedro Cassavas descola seu pé do último degrau da escada que dá para a antiga *gare*, ouvem-se um badalar de sinos, um bater de portas, um murmúrio geral.

— Bem-vindo, senhor. Por aqui, senhor.

Todos se curvam a Pedro Cassavas, que se senta e, faminto, pede, à moda de Tomás Anselmo, uma milanesa à francesa que devora com rapidez, num ritmo de três mastigadas e meia por garfada. Antes que pudesse pedir ao garçom que lhe guardasse as sobras numa quentinha de alumínio, irrompe no salão um velho que, vestindo roupão branco, ocupa uma mesa no corredor.

Monsieur Mxyzptlk, acompanhado por suas enfermeiras japonesas, Su e Ju, acende um cigarro mentolado e acena para Pedro, que faz-se desentendido, olha para os lados e aponta para seu próprio peito dizendo "é comigo?".

É.

Após uma curta troca de acenos, o velho senta ao fim do vagão.

Surge em Cassavas a lembrança súbita da folha do diário, subtraída da suíte do velho na página oitenta e um deste volume, quando precariamente narrado pelo próprio Pedro. Ele desamassa o papel e, enquanto toma o sexto de sete cafés expressos, põe-se a ler os apontamentos do velho Mxyzptlk:

Os apontamentos do velho Mxyzptlk

01.08. Por trás da porta do camarim, enquanto o palco é montado, ouço um murmúrio de vozes, o tilintar vago de copos. Lá fora, uma multidão enfileira-se na esperança de que o "escritor" ilumine um pouco sua existência opaca com algum esclarecimento sobre a vida e a arte, o fazer literário, o lado secreto e íntimo dos livros e seus editores. Com o passar dos minutos, os ruídos ficam mais altos, e o som dos passos ecoando pelo salão amontoa-se até que o auditório esteja lotado. Alguém anuncia meu nome com uma voz robótica e nasal. Os retardatários apressam-se em garantir os últimos lugares. Cadeiras tombam. Dou um gole solene no copo d'água, oferecido por duas moças de saia marrom e cabelos presos com gel. Levanto-me vagaroso e caminho por um labirinto de corredores brancos ganhando tapinhas e respeitosas frases de incentivo nas costas até chegar à beira do precipício. Entre mim e o palco, há uma grossa cortina vermelha que alguém abre, sem aviso, me empurrando para o trampolim. Os passos vibrando pelo chão se transformam em aplausos. Sob o zunido das vozes misturadas e uma torrente de flashes de máquinas fotográficas e celulares, tropeço pé direito palco adentro. Apontados para o meu rosto, holofotes me tiram a visão do público. Sento numa poltrona, cruzo as pernas com ar senhorial e apoio o queixo no punho cerrado fingindo interesse pela anódina apresentação do mediador do debate.

Sou um poço de altivez disparando verdades sobre meu processo criativo de estranhas manias, minhas referências mui próprias, os gargalos do mercado editorial e as dificuldades na criação e reprodução desses bichinhos delicados e imprevisíveis, mas absolutamente necessários para a subsistência do escritor: os leitores. Todo o discurso será temperado por ironia e pitadas ensaiadas de autodepreciação. Logo pela sala flutuarão minhas palavras, meus símbolos adestrados com carinho, minhas imagens e oxímoros de estimação, e nessa mágica hora imaginarei que minhas palavras têm força suficiente para destruir as colunas do teatro, rasgar a lona do picadeiro, transcender o palco, o fosso iluminado, e quem sabe despir as moças e os senhores, rodopiando dentro dos seus ouvidos e dinamitando seus crânios numa explosão de sangue e confetes pelo salão, ou que ao menos tivessem minhas palavras o peso para abrir buracos no solo que sugassem todos ao centro da Terra, todos os meus obedientes e comportados leitorezinhos, eles e sua adulação corruptora, eles, dados a aplausos fáceis, sentadinhos nas suas cadeirinhas de metal no circo, sequiosos para me ver pedalando no Globo da Morte, ou ainda, vá lá!, que minhas palavras pudessem simplesmente esmigalhar seus ossos, até que eu pudesse me ver sozinho, em paz com as palavras, agora, só minhas as palavras, palavrinhas, estimadas, minhas queridas e de ninguém mais...

— Vejo que o dia hoje foi longo, meu jovem. Depois que nos despedimos... — a leitura de Pedro é interrompida pelo velho, que chega à mesa.

— Hoje já virou ontem! Embora não faça muita diferença — num susto, Cassavas esconde o papel amassado sob o prato de restos.

O escritor senta-se à frente de Pedro e começa, solene:

— Vê toda essa gente, meu filho?

Cassavas crispa a testa, assente, e junta os lábios num bico.

— Eles só nasceram, foram educados, arrumaram empregos, saíram de casa hoje de manhã para trabalhar, sentiram fome e tiveram a idéia de jantar de madrugada aqui no Snàporatz para serem vistos por você.

O velho não dá pausa. Pedro tartamudeia fonemas infantis, finge que lê o cardápio, ajeita a gola do terno.

— E o seu prato? Estava de agrado?

— Acho que sim.

— Pois então! O garçom e o cozinheiro legitimaram suas vidas no momento em que lhe prepararam e serviram o bife. O rapaz entende isso? Eu, por exemplo, só existo na medida em que chego ao Snàporatz, entro no seu campo visual e faço você gastar um ou dois pensamentos sobre mim.

O garçom se aproxima da mesa, e Pedro percebe que é o mesmo senhor de óculos e sapatos lustrados, Péricles, que horas mais cedo havia lhe feito a barba. E que seu auxiliar de cozinha seria o barbeiro de costeletas e topete que tosou um apavorado Tomás entre os espelhos embaçados no fundo da galeria, na manhã de um dia que parece ser d'outra vida. E que as aeromoças da porta do restaurante são as mesmas que vestiram Tomás na loja de modas, e que o cozinheiro, por trás das panelas fumegantes, seria o mesmo homem encabulado que mais cedo lhe vendera haxixe num saco de churros etc.

Pedro levanta abruptamente e larga a cadeira por trás de si sob um *crescendo* de violinos em glissando. Ainda tonto, depois de uns vinte e quatro compassos de acordes dissonantes em cromática ascensão, vê Françoise, anos mais nova, surgindo do toalete num vestido vermelho, e também o sorriso da doce Maria e de sua amiga Verônica, ambas abraçadas a Tomás vestindo uma bata indiana, impressos numa foto amarelada na parede sobre a legenda: "Porto de Cádis — 1887".

E vê, numa prateleira, em destaque por trás do balcão onde o *chef* deposita os pratos, uma compoteira de vidro onde um feto flutua aprisionado numa redoma de silêncio e formol. Preso ao frasco côncavo, há um pedaço de esparadrapo com uma palavra escrita.

Pedro olha de perto e percebe que a palavra é "VOCÊ".

Quando Cassavas volta à mesa depois de seu curto passeio, o garçom-barbeiro pergunta, com a intimidade que os clientes antigos têm, se o Monsieur Mxyzptlk gostaria de alguma coisa para comer. Faz duas recomendações, ouve o pedido (um sarapatel de Goa) e vai-se em passos de debutante.

Su e Ju os encaram inertes, com o olhar vidrado das bonecas japonesas de porcelana.

— Há quem diga que é impossível perceber e mensurar todos os fenômenos do universo, encontrar o propósito oculto em cada um deles e colocá-los em ordem, Pedro Cassavas. Alguns colegas chegam a pensar que o homem jamais poderá alcançar essa compreensão. Mas eu refuto seus métodos, meu filho! Eu tenho as explicações.

Esgar Mxyzptlk pede três garrafinhas d'água (bebeu as outras durante os últimos dois parágrafos) e três torradas Petrópolis para forrar o estômago enquanto o pedido não chega. Pedro joga o canudo do gim-tônica fora, e o bebe numa talagada só.

Desabafa:

— Senhor Mxyzptlk, hoje o dia foi complicado para mim. Não me confunda. Por que faz isso comigo?

Mxyzptlk responde, magniloqüentíssimo:

— Porque é a minha missão. Eu acabo aqui! Eu só existo para esse momento. É o ápice da minha existência. Depois que você deixar o Snàporatz, eu vou sumir. Pedro, eu vou te contar um segredo: só existe o que você vê.

Tomou fôlego entre mais goles d'água e continuou, epifânico:

— Durante muito tempo os astrônomos não entenderam por que a noite é escura, Pedro Cassavas. Se imaginarmos um espaço infinito, preenchido uniformemente por estrelas, haveria uma em qualquer direção que você olhasse, fazendo o céu brilhar dia e noite. Eles dizem, no entanto, que a noite é escura porque o universo tem uma idade finita, e a velocidade da luz também é finita: a luz das estrelas mais distantes não teve tempo de chegar até os homens da Terra. As estrelas que estão fora do seu alcance não brilham no céu, Pedro... A verdade é que não existem. Porque só existe o que você pode ver. A noite é escura porque Pedro Cassavas não vê todas as estrelas. Porque elas nascem e morrem a partir de você. Porque o universo nasceu e vai morrer, assim que você fechar os olhos e não os abrir mais. Pedro Cassavas: você é o único que existe. Nós somos personagens. Ou ainda: nós somos você, mas você não nos é.

Monsieur Mxyzptlk levanta-se e, atrapalhado com sua barriga, mistura seu corpo pesado ao reflexo dos espelhos do vagão, desaparecendo num átimo. Suas enfermeiras continuam olhando para a janela, tristes e seminuas, até que Pedro Cassavas peça a conta (teve que pagar os pedidos de Esgar, que foi embora sem tocar na comida) e, algo perturbado, ganhe a rua.

O que Pedro não percebe é que, no momento em que pisa fora do Snàporatz, seus vagões, cadeiras, mesas, toalhas, espelhos, garçons, aeromoças e clientes imergem num caldo escuro. À medida que Cassavas caminha pelas ruas amareladas da cidade a amanhecer preguiçosa, suas galerias, estufas de vidro, salões espelhados, balcões de mármore, praças dormentes, teatros, domos e postes recém-apagados explodem por trás dos passos do nosso herói. E suas colinas, ladeiras, arcos, escadarias, cassinos, hotéis, veleiros, mesquitas, praias e restaurantes giratórios são sugados pelo vazio. E ainda os palacetes, salões subterrâneos, apartamentos: quartos, camas, armários e gavetas. E as fotos desbotadas e os papéis em branco dentro das gavetas. E suas linhas de trem, longos corredores, livrarias ovais e balaustradas de mármore sobre escadarias em espiral. E as pegadas, passos e páginas por trás de si. E também Tomás, Verônica, a doce Maria, e todas as suas lembranças, passadas e futuras, e todos os que os conheceram e fossem por eles lembrados, e todos os seus conhecidos e assim até o fim.

Quando terminarmos de ler e contar a história desse personagem, também desapareceremos.

Até o dia em que Pedro Cassavas volte a olhar para algum de nós.

FINE

Agradeço a Antonio, Chico, Fabrício e Paulinho pelo termo "Dia Mastroianni", ainda que seu sentido original tenha sido deturpado por mim neste livro.

E a Pedro Cassavas e a Doce Maria, pela inspiração e paciência infinitas.

Este livro foi composto em Garamond Classic
e impresso pela Ediouro Gráfica sobre papel pólen bold 90g
para a Ediouro Publicações em outubro de 2007.